Serge Brussolo

Le Cavalier du Septième Jour

thriller

H&O POCHE

Avertissement

Les propos tenus par les personnages de ce roman ne reflètent en rien les opinions de l'auteur. Ils sont le produit des nécessités de la fiction et de la psychologie des protagonistes.

MAGGIE

Maggie se penche au-dessus de l'eau. *Au-dessus de la noyée.* Car le corps d'une vieille femme inconnue gît au fond du lac, les yeux grands ouverts tournés vers le ciel.

Maggie a l'impression que la morte la fixe avec une étrange intensité, comme si elle essayait de communiquer par télépathie, ou encore de l'hypnotiser. C'est dérangeant… un peu effrayant même. Elle ne sait quelle attitude adopter. Il lui semble qu'elle connaît cette femme. Vaguement. Peut-être l'a-t-elle croisée à la *cantina* ? Ou bien occupe-t-elle un camping-car au camp de *trailing* voisin ? Ça n'a rien d'impossible car Maggie est fort peu physionomiste. Un médecin lui a patiemment expliqué que ce « défaut » résulte de l'atrophie d'une certaine glande située dans le cerveau, mais elle a oublié laquelle.

Maggie oublie beaucoup de choses… et en invente tout autant car c'est le seul moyen qu'elle a trouvé pour combler les trous de sa mémoire mangée aux mites.

Cela ne change rien au fait qu'il y a une noyée dans le lac et qu'il va falloir prévenir les autorités. Elle n'aime pas ça, ce territoire est placé sous la juridiction de la police tribale, et on va encore lui reprocher de se mêler de ce qui ne la regarde pas, de fouiner là où elle n'a rien à faire… Elle pourra toutefois objecter que la morte n'est pas Indienne. C'est de toute évidence une Blanche, comme elle-même : Margaret. D'ailleurs, elle lui ressemble un peu, non ?

Puis, tout à coup, Maggie prend conscience qu'il n'y a personne au fond du trou d'eau et qu'elle est en train de contempler son propre reflet. Son visage ridé, encadré de longs cheveux argentés, sales, et dont les mèches évoquent des lanières de cuir décolorées.

Mais oui, c'est bien d'elle qu'il s'agit. L'espace d'une seconde, elle réprime un spasme de terreur superstitieuse. Est-elle morte ? Est-elle devenue un pur esprit qui flotte dans les airs et contemple l'enveloppe charnelle dont il vient de s'échapper ?

Mais non, quelle conne ! Elle a simplement été la proie d'une nouvelle crise. Cela lui arrive de plus en plus souvent ces temps derniers.

Depuis son deuxième AVC, un truc s'est déréglé dans son cerveau. Un rouage minuscule qui fausse toute la mécanique. Elle souffre d'absences durant lesquelles elle devient incapable d'identifier les choses les plus banales : une bouilloire, une brosse à dents… Lorsqu'elle essaye de les nommer, des mots sans rapport lui montent aux lèvres : *chevalet, tapis, berzingue, alluvion…* et aussi des onomatopées de nourrisson proches du gazouillis ou du borborygme. Alors une angoisse atroce l'empoigne, et elle se cogne la tête contre les murs pour essayer de remettre en marche la mécanique qui grince au cœur de sa boîte crânienne. Il lui arrive ainsi de s'ouvrir le front, ou une arcade sourcilière, et de saigner comme si on venait de la scalper. Elle reste là, immobile, tandis que le sang sèche sur son visage, emplissant ses rides, l'amidonnant jusqu'à ce qu'il prenne la consistance d'une couche de carton. Cela lui rappelle les masques mortuaires égyptiens qu'on plaquait sur la face des momies.

La comparaison la fait pouffer de rire.

Puis l'angoisse diminue et elle se sent mieux, toute légère.

Oui, une crise… Une de plus.

Afin de vérifier, elle se penche au-dessus de l'eau et s'adresse des grimaces. L'image lui répond, synchrone. Parfait.

Elle se redresse, découvre qu'elle est couverte de poussière jaune et qu'elle a perdu l'un de ses mocassins. Elle ne se tient pas sur la rive d'un lac mais plutôt au bord d'un trou d'eau, d'une mare. Mare qu'elle identifie comme celle qui occupe le sommet de la colline du *Cheval de la Nuit*, comme la surnomment les Indiens Wataphas.

Qu'est-elle venue foutre ici ? Elle n'en a aucune idée, mais cela ne la surprend guère car il lui arrive de plus en plus fréquemment de déambuler en état second. *En état de fugue mentale*, disent les médecins.

De nouveau, une grande frayeur la saisit : *ne pas en parler à Ichika…* n'en pas souffler mot à Daryl qui, une fois de plus, fera valoir la nécessité d'un placement en centre spécialisé, d'une surveillance de tous les instants. Maggie ne veut pas de ça. Elle sait qu'avec de la volonté et du temps elle parviendra à se guérir seule. Oui, oui, oui… La *bruja* qui officie à Pueblo Quito l'en a assurée lorsqu'elle lui a vendu les herbes miraculeuses. Assez chères, au demeurant.

Certes, Ichika n'a pas envie de se débarrasser de sa mère adoptive, mais elle ne pourra s'empêcher d'en parler à Daryl, au lit, après l'amour, dans ces moments de faiblesse, d'amollissement et de draps moites qui portent les humains à avouer des choses qu'ils devraient taire. Ichika est gentille, dévouée, *mais Daryl…*

Daryl, c'est autre chose. Un beau fruit avec quelque chose de pourri à l'intérieur. Un pépin noir, enfoui très profond qui, peu à peu, noircira toute la pomme. Pour l'heure le pépin toxique n'a pas encore fait trop de dégâts, mais ça viendra. Parfois, quand le jeune homme ouvre la bouche, Maggie flaire l'odeur du pourrissement dans son haleine. L'odeur du pépin noir. Elle sait alors que Daryl la déteste et qu'il voudrait l'expédier chez les dingues, dans un asile situé loin, très loin, aux confins du désert. Daryl revendique l'entière propriété d'Ichika. Il a compris depuis longtemps que, tant que la « vieille » sera là, la jeune femme n'acceptera pas de devenir son esclave, qu'elle refusera de s'engager sur la pente où, à petits coups, il s'évertue à la pousser.

Maggie a sauvé Ichika d'un incendie il y a dix ans, alors qu'elle n'était qu'une gamine. Ses parents et son jeune frère avaient péri dans les flammes. Pendant dix ans, elle s'est efforcée d'apporter à cette gosse l'amour maternel dont le destin l'avait privée. Dix années de soins constants… d'attentions, de…

Maggie s'ébroue. Elle ne doit pas trop réfléchir si elle ne veut pas qu'une épouvantable migraine lui fasse exploser la cervelle.

Elle s'aperçoit qu'elle est vêtue d'une tunique indienne en daim mal tannée, tachée et cousue n'importe comment. Un truc qu'elle a dû essayer de tailler durant sa période « ethnique », il y a des lustres. Elle se sent idiote déguisée de la sorte. À quelle lubie a-t-elle cédé ? Il est urgent qu'elle recommence à prendre ses cachets. C'est embêtant car ils lui flanquent une diarrhée d'enfer.

Les genoux torturés par l'arthrite, elle entreprend de descendre le chemin serpentant au flanc de la colline. Elle n'aime pas cet endroit et, d'ordinaire, elle l'évite car ce n'est qu'un amas sinistre de roches broyées, entassées en dépit du bon sens. Les Indiens l'ont décrété maudit et ne s'y risquent jamais car c'est le territoire du Cheval Nocturne, celui qu'enfourchera le Cavalier du Septième Jour lorsqu'il décidera de parcourir la Terre pour éliminer jusqu'au dernier représentant de la race humaine.

Les Wataphas sont prodigues en légendes de toutes sortes. Ils ont beau avoir la Wi-Fi, visionner des films sur leurs téléphones portables, diriger le casino tribal qui leur rapporte des fortunes, ils continuent à croire au Cheval Nocturne et au Cavalier du Septième Jour.

À moins... À moins qu'ils ne jouent les naïfs pour mieux plumer les Visages Pâles imbéciles qui viennent perdre leurs salaires et leurs économies au casino, hein ? Ce serait de bonne guerre, et Maggie les y encouragerait plutôt, car elle les aime bien, et cela même si, eux, la détestent car — selon leur homme-médecine — elle a le « mauvais œil ». Mauvais œil, quelle blague ! Elle qui, a 60 ans bien sonnés, jouit toujours d'une vision parfaite !

À mi-chemin, elle ne peut s'empêcher de jeter un coup d'œil par-dessus son épaule. L'image de la vieille femme noyée continue à la hanter. Une prémonition ? Est-ce là ce que projette Daryl ? Un simulacre de noyade accidentelle pour se débarrasser d'une « belle-mère » encombrante ?

Il en serait capable, c'est sûr. Il a déjà tué, Maggie en a l'absolue conviction car il a dans le regard cette dureté minérale qu'elle a plus d'une fois surprise chez les ex-militaires et chez certains flics. Une paillette de givre qui ne fondra jamais. Un éclat de glace qui s'est fiché en eux pour les métamorphoser une fois pour toutes.

Daryl lui a volé Ichika grâce à de basses manigances de séducteur professionnel. Il a profité de ce que l'adolescente succombait au rush des hormones pour l'attirer dans ses filets. Il...

Prenant conscience qu'elle commence à s'exprimer comme une actrice de *télénovelas*, elle se ressaisit.

Elle atteint le pied de la colline et prend la direction du village d'un pas somnambulique. Ses pensées s'égarent et tourbillonnent à la manière d'un essaim de papillons apeurés. Comme elle souffre de la chaleur, elle entre à la *cantina* de Pepe Duro et s'assied dans un coin d'ombre. La serveuse s'approche aussitôt. C'est Olga, une grosse Russe à la queue-de-cheval oxygénée, aux yeux bleus de poupée de pacotille, qui fascine tous les journaliers du coin et les coupeurs de canne à sucre. Maggie l'aime bien car elle est gentille et oublie régulièrement de lui présenter l'addition.

— Hé! *Mamacita!* grasseye Olga avec un accent moscovite où les « r » grincent tels les gonds mal huilés d'une porte, qu'est-ce que vous faites sur la route par cette chaleur à crever? C'est pas sérieux, surtout avec votre tête malade. Je vais vous apporter quelque chose de frais.

DARYL

Daryl vient d'arrêter la Range Rover de patrouille devant le boui-boui de Pepe Duro. Il a suivi la vieille au ralenti tout au long de la route sans qu'elle le remarque. Quand elle est dans cet état, elle ne distingue rien, n'entend rien, verrouillée qu'elle est dans sa bulle de folie.

Daryl jure entre ses dents. Il crève de chaud en dépit de la climatisation poussée à fond. Il sait qu'il ne devrait pas surveiller Maggie d'aussi près, on va finir par le repérer et s'étonner d'une telle sollicitude car il n'a pas la réputation d'être serviable. Au vrai, on ne l'aime guère car on voit en lui le chien de garde du Maître d'écurie, le seigneur de cette contrée oubliée des dieux depuis la nuit des temps.

Pourtant, Daryl est plutôt beau, dans le genre romantique torturé. Maigre, regard ténébreux, cheveux blonds décolorés par le soleil. Quand il est nu, on est surpris par sa musculature nerveuse à fleur de peau. Il plaît aux filles car il n'a rien d'une brute tout en dégageant une crainte inspirant le respect. Les gars du coin chuchotent « qu'il a des pouvoirs » sans trop savoir lesquels. Il fait davantage homme du Nord que gringo. Viking égaré, peut-être, avec une once de cruauté dans l'œil et dans le sourire. Pas des mains de cogneur, non, plutôt de pianiste, longues, fines. Une accumulation de contrastes et d'incohérences. Les filles du coin lui courent après. Il ne les drague pas. De temps à autre, il leur fait l'aumône de les baiser, davantage pour s'en débarrasser que parce qu'il en a envie. Ensuite, elles racontent à leurs copines qu'il est formidable au lit, mais que pourraient-elles dire d'autre, car elles ont toutes un peu peur de lui, n'est-ce pas ?

Certaines en rajoutent : elles assurent qu'il a le corps couvert de tatouages bizarres, sataniques, aux endroits les plus improbables, et qu'elles ont vu les dessins saigner au moment où il a joui en elles. Mais que n'inventeraient-elles pas pour se rendre intéressantes ?

Daryl se rapproche à pas hésitants des trente ans, un palier important qu'on se doit de franchir la tête haute et les poches pleines. Or il en est loin. Très loin.

* *
*

Tout a commencé dix ans plus tôt, sur le campus de la fac. Oh ! pas UCLA ou le MIT, non, une université minable perdue au cœur de la verte Virginie. Une fac pour les ratés, les étudiants dont les lettres de motivations ont toutes été refusées par les grands noms de l'IVY LEAGUE. Une fac pour « les esprits libres et aventureux, avides d'expérimentations » radotait la brochure, la trop belle brochure racoleuse en diable et se réclamant d'un obscur philosophe local.

Les profs se la jouaient *border line*, à la limite du rebelle, avec une touche de savant fou artistement dosée. En fait, Daryl n'a pas tardé à découvrir qu'ils cachaient tous un cadavre dans leur placard. Des naufragés dérivant dans la grande mer des Sargasses du savoir universitaire plus ou moins monnayable et menacé d'obsolescence rapide. Des naufragés, oui, au final tout soulagés d'échouer sur cette île déserte alors qu'ils étaient à deux doigts de se noyer.

Damian, son cothurne, lui en avait dressé un portrait sans concession :

— Là-bas, le grand chauve avec une moustache à la Pancho Villa, c'est Ernst W., mathématicien porté sur les substances illégales viré par la NASA qui lui reprochait d'être responsable de l'explosion d'une navette spatiale. À côté de lui, le petit gros rouquin qui se voudrait le sosie d'Einstein, Marrick T. Physicien foireux, s'est fait sponsoriser dix ans par l'Armée de l'Air pour un projet de blindage invisible qui n'a débouché sur rien, mais qui lui a permis de se payer les plus belles putes de Vegas et d'abandonner des fortunes sur le tapis vert. Derrière eux, Nelson G., économiste et illusionniste, grand magicien du système de Ponzi, a été à deux doigts de se faire coffrer par le FBI. Sauvé in extremis par ses appuis politiques… et complices intouchables.

Le reste est à l'avenant. Dans toutes les disciplines. Harvard version Marx Brothers.

Les étudiants ? Filles et fils à Papa, boulés de partout, à la scolarité erratique, les cloisons nasales rongées à force de sniffs. Toujours trop éteints ou trop excités, hagards ou hystériques, parfois violents. Bagarres absurdes ou crises de larmes. Ivrognerie systématique et baise à gogo, le plus souvent en groupe. Fête de la bière obligatoire chaque fin de semaine. Des poncifs que, jusque-là, Daryl croyaient réservés aux *teen movies.*

Damian, avec qui il partage une chambre, détone dans le tableau avec ses énormes lunettes qui lui font une tête de hibou et son corps squelettique. Damian, atteint de dyslexie, a eu le plus grand mal à finir sa scolarité. À la différence de ses frères et sœurs, il ne sera jamais un génie de la finance, à la grande honte de son père, propriétaire d'une banque privée en Alabama.

— Si j'ai été admis dans cette boîte, explique-t-il volontiers, c'est uniquement parce que mon paternel a graissé la patte du directeur et promis de financer la construction d'une piscine olympique.

Pour se rassurer, Daryl se répétait que Damian versait à plaisir dans l'outrance. Ici, il était de bon ton de se dévaloriser systématiquement, une forme de snobisme à rebours. L'étudiant bûcheur restant le modèle à éviter ab-so-lu-ment. Tout le monde était bien trop riche pour envisager un jour de travailler. Merde ! À quoi servent les revenus d'actions ?

Daryl en concevait un certain malaise car lui-même était boursier. Les vacances et les régates dans les Hamptons, il ne connaissait pas.

Son père et sa mère avaient été militaires, tués tous deux en Irak.

Dad', capitaine d'infanterie, avait été réduit en charpie par la mine Claymore défectueuse qu'il était en train d'installer.

Mom', pilote de médivacs — ces hélicos d'évacuation médicale —, s'était fait pulvériser en plein vol par un missile.

Daryl avait 9 ans, il les avait peu côtoyés au cours de permissions lugubres dont il conservait le souvenir de silences interminables, de rires forcés et d'un malaise permanent. En fait, ils lui faisaient peur. Des étrangers qui parlaient trop fort, le serraient trop fort, l'obligeaient à pratiquer des sports qu'il trouvait violents et détestaient le voir « perdre son temps » en puzzles, assemblage de maquettes et lecture forcenée.

Daryl a été élevé par sa grand-mère maternelle, Granny Martha. Gentille, mais dépourvue de fantaisie comme d'élans affectifs. Des années dont le silence feutré n'était troublé que par la voix tonitruante et les chants des télévangélistes, seules émissions tolérées par Granny.

On priait beaucoup chez elle ; les cloisons du bungalow disparaissaient sous les broderies religieuses au point de croix qu'elle confectionnait inlassablement en bourdonnant des cantiques entre ses lèvres fripées.

Pas mauvaise personne, non, mais chiante. Amplitude 9,8 sur l'échelle de l'Ennui, qui en compte 10.

La mort de sa fille chérie l'avait zombifiée, carrément. Le trou noir mental. Le bungalow s'était transformé en chapelle dédiée à la mémoire d'une héroïne parée de toutes les vertus, et la bannière étoilée flottait en permanence sur le toit. Quand le vent l'effilochait, Granny Martha la raccommodait, la repassait. Daryl était ensuite chargé de la hisser au sommet du mât après avoir respecté le sacro-saint salut aux couleurs, ce qui faisait beaucoup rire ses camarades de classe, futurs glandeurs professionnels abonnés aux aides de l'État.

À l'adolescence, il avait compris qu'il devait s'arranger pour passer le maximum de temps à l'extérieur, ne rentrer qu'à la nuit. Cela ne dérangeait en rien grand-mère qui, depuis un moment, ne lui adressait plus la parole. Au point qu'il se demandait parfois si elle se rappelait qui il était et ne le confondait pas plutôt avec les types de l'Aide ménagère que la municipalité dépêchait chez les vieux. Lorsqu'elle lui tendait un dollar, il s'interrogeait : argent de poche ou pourboire ?

À l'école, les choses se passaient bien. Il plaisait aux filles et le niveau très moyen de l'établissement faisait de lui un roi borgne dans un pays d'aveugles.

Orphelin tranquille, il ne s'estimait pas malheureux.

À dix-sept ans, toutefois, sa décision était arrêtée, il lui fallait de toute urgence fuir cette ville de somnambules avant de se retrouver caissier à la supérette du coin ou manœuvre à la scierie, celle dont tous les ouvriers finissaient par perdre quelques doigts.

— Jusqu'à deux ça va, lui avait expliqué l'un des préposés à la grande scie circulaire qui débitait les troncs d'arbres en planches. À partir de trois, ça devient tangent, ça dépend si on peut encore soulever des charges en dépit des moignons. Sinon c'est direct la porte.

En tant que fils de héros morts au champ d'honneur et décorés du *Purple Heart* à titre posthume, il avait droit à une bourse d'étude. Le conseiller scolaire lui murmura que sa lettre de candidature serait, en outre, examinée avec une « extrême bienveillance », et cela même si ses résultats n'étaient pas ceux d'un cheval de course.

C'est ainsi qu'il s'était retrouvé sur le campus d'une fac de troisième ordre, quelque part en Virginie, loin de Granny Martha qui perdait de plus en plus les pédales et se rendait désormais au supermarché revêtue de l'uniforme de parade de sa fille, sa forte poitrine couverte de décorations.

Oui, la fac, chaque fois qu'il y repense, il entend le bourdonnement sardonique et continu de Damian en fond sonore.

Damian est gay, bien sûr. Daryl s'en fout, garçons ou filles il ne fait pas de différence, l'important pour lui c'est de prendre son plaisir d'une façon ou d'une autre et de se tirer le plus vite possible. Comme sa grand-mère, il n'est pas très « affectif ». Il déteste draguer, faire des avances n'est pas son truc. Heureusement, sa beauté l'en dispense. Aux autres de ramer pour le convaincre. Il prend ou laisse, selon ses besoins hormonaux du moment. Le sexe, c'est juste une histoire de glandes, une fois le sac vidé, il se retrouve « zen », disponible pour des choses infiniment plus importantes. L'ennui, c'est qu'il ne sait pas encore en quoi consistent ces « choses importantes ».

Il a choisi Psychologie en dominante. Pourquoi? Pour manipuler ou éviter d'être manipulé, peut-être... Ses motivations restent vagues. À la base, un article lu à 15 ans dans une revue, chez le dentiste: *les psys amassent un fric dingue à Hollywood grâce aux stars toutes plus tarées les unes que les autres.* Ça avait l'air amusant: se faire des couilles en or en écoutant les pseudo-malheurs de ces vedettes de pacotille, vite célèbres vite oubliées. Pourquoi pas?

Hélas, à la fac il se retrouve avec Morgan M. comme prof principal et responsable de tutorat. Pas génial. Morgan est un psy à la carrure de quarterback. Gueule épaisse d'Irlandais élevé à la bière brune, mains de terrassier. Une voix qui évoque le roulement d'un train chargé de ferrailles mal arrimées.

— Il a une sale histoire aux fesses, a bourdonné Damian. Une patiente de seize ans qu'il aurait hypnotisée pour la tripoter à son insu. Sans doute un délire de pucelle en chaleur mais, comme on dit, « pas de fumée sans feu ». Du coup, plusieurs nanas se sont brutalement souvenu qu'il avait beaucoup insisté pour les hypnotiser, ça lui a cassé sa clientèle huppée. Un arrangement financier à l'amiable a effacé les plaintes mais vidé son compte en banque. Il était connu dans les beaux quartiers new-yorkais. Autour de Central Park, tout ça. Il tenait boutique sur Park Avenue, c'est pas vraiment la *Sallie*[1], tu vois… L'a été bien content d'être engagé ici dans ce trou du cul universitaire fistuleux en diable.

Daryl s'en fout des tripotages avérés ou non de Morgan. La morale ne le démange pas des masses. Non, ce qui l'ennuie, c'est que Morgan soit un vieux freudien rasoir qui ne cesse de régurgiter des théories dépassées et dort avec *Totem et Tabou* sous son oreiller. Morgan voit le sexe partout : poser la main sur une poignée de porte, c'est exprimer un désir masturbatoire. Mettre une cuiller dans sa bouche, c'est trahir un fantasme de fellation, et ainsi de suite. Nul. Morgan n'a qu'une seule grille d'interprétation et s'y cramponne avec férocité. Mieux vaut éviter de le contrarier car il a l'invective facile et vous crucifie en trois phrases, exposant en public vos failles les plus secrètes. Il n'est pas rare que les étudiantes quittent précipitamment sa classe en sanglotant car il aime par-dessus tout s'attaquer aux filles et les dénuder devant leurs condisciples, psychologiquement parlant, cela va sans dire.

1. Salvation Army.

Daryl n'a jamais eu à subir ce genre d'attaque et il a l'intuition que Morgan a peur de lui et évite même de le regarder. Pourquoi ?

N'empêche, Daryl s'ennuie à mourir.

Le truc déclencheur se produit au début du deuxième semestre de sa troisième année. Jusque-là, Daryl a assuré sans se fouler. Il est bien noté. Ce n'est pas qu'il soit bon, c'est surtout que les autres sont très nuls, ou trop fainéants, ou trop camés pour ouvrir un livre.

Un jour, à la fin du cours magistral, Morgan annonce qu'il cherche des cobayes pour une étude sur la *Persistance des instincts animaux chez l'être humain*. Les participants toucheront 50 dollars par séance et seront assurés de récolter au minimum un C+ au prochain contrôle. Personne ne l'écoute et l'amphi se vide. Les condisciples de Daryl n'ont pas de soucis d'argent, 50 dollars, c'est ce qu'ils filent au mec du *room service* lorsqu'ils vont tirer un coup à l'hôtel. Quant au diplôme, ils s'en cognent car une place toute chaude de directeur du personnel les attend dans l'entreprise familiale.

Daryl, lui, ne fonctionne pas en mode « fils à Papa », loin de là. Sa bourse n'est pas mirifique, il tire le diable par la queue plus souvent qu'à son tour. Pour cacher sa misère, il affecte le style *grunge*. Damian, qui l'a pris en pitié (ou est amoureux de lui ?), lui refile des haillons portant la griffe de grands couturiers. Ah ! il lui a aussi donné une « vieille

Rolex » qu'il ne porte plus sous prétexte qu'il est devenu allergique à l'inox du boîtier (qui est en réalité en platine). Une grosse connerie dont Daryl n'est pas dupe.

Les 50 dollars l'autoriseront à ne pas se sentir le gigolo de Damian, car c'est ainsi que certains le surnomment déjà sur le campus.

Il court donc s'inscrire au programme du Labo 3 de Psycho. La survivance des instincts animaux dans le diencéphale (le cerveau reptilien) est une vieille tarte à la crème qui continue à avoir du succès. Elle donne lieu à de furieux débats qui tournent à l'empoignade et où les noms de Darwin et de Dieu le Père sont souvent hurlés à la cantonade. De la foutaise pour intellos en mal d'exploits oratoires. Ici, on adore s'écouter parler. Surtout quand les amphètes boostent la parole en vitesse si rapide qu'elle devient incompréhensible.

En l'occurrence, il s'agit de se prêter à une batterie de tests visuels, olfactifs, sonores qui, hors de tout processus de réflexion, doivent réveiller les comportements induits et immédiats codés dans la mémoire collective. (Quel charabia!)

Daryl est décidé à jouer le jeu à fond. Il est prévu que l'étude dure trois mois. S'il n'est pas éliminé dès la première séance, il peut se constituer un petit pactole. Il va donc s'appliquer.

La méthode de Morgan est simple. Daryl entre dans une salle dépourvue de fenêtre, plongée dans la pénombre. Le mobilier se réduit à une table et deux chaises. Daryl s'assied en face d'une femme en blouse blanche (pourquoi ce choix de vêtement ? Pour conférer un aspect médical à l'expérience au cas où on douterait de son sérieux ?). La femme affirme se nommer Helen. Daryl ne l'a jamais croisée sur le campus.

— Je vais vous présenter une série de photographies, explique-t-elle sur un ton impersonnel. Vous les examinerez. Vous désignerez ensuite sur ces clichés les personnes qui correspondent aux spécificités que j'aurais énoncées.

— Comme ça, au pif ? s'étonne Daryl.

— Je dirais plutôt « à l'instinct ». Le but de cette épreuve est de déterminer s'il existe en vous une sorte d'instinct animal qui analyse à votre insu l'environnement immédiat et détecte les menaces, les dangers ou les proies en dehors de tout processus conscient et volontaire. Vous comprenez ?

— Oui. Vous me demandez de jouer les chiens policiers.

— Pour simplifier, oui. On peut présenter les choses de cette manière. On y va ? Premier cliché. Je vais vous demander de localiser, selon vous, qui parmi cette foule transporte clandestinement de la drogue.

Daryl se penche sur la photo 30x40 que la femme vient de déposer sur le bureau. Une dizaine d'hommes et de femmes s'apprêtent à franchir un contrôle douanier.

— Ne réfléchissez surtout pas ! ordonne Helen. Pointez le doigt sur celui que vous « sentez ». Surtout pas d'analyse. Ne jouez pas au comportementaliste.

— Je n'ai jamais cru à ces foutaises d'analyses comportementales, ricane Daryl en posant l'index sur l'un des types, *au hasard.*

Tout ce qui l'intéresse ce sont les 50 dollars qu'on lui remettra à la fin de la séance. Le comportementalisme, ça le fait bien rigoler. Un machin mis à la mode par les séries télé où le héros est capable de détecter un faux alibi dès que le type assis en face de lui tressaille du petit orteil gauche.

Durant une heure pleine, Helen fait défiler des photos de quidams faisant la queue à la caisse d'un supermarché, d'un cinéma, à l'entrée d'une boîte de nuit. Elle décline ses demandes de la même voix monotone :

— Qui vient d'agresser un pompiste ?

— Qui vient de violer une jeune femme dans un parking ?

— Qui transporte une bombe ?

Daryl en a vite marre et pointe à l'aveuglette. Il devine que son score sera de zéro et qu'on ne le convoquera pas pour une deuxième séance. C'est con. Il ne s'attendait pas à un truc aussi débile. Il aurait bien aimé se faire 100 ou 150 fafiots.

— Bon, c'est terminé, annonce Helen, je vous remercie pour votre participation. Voici votre défraiement.

Et elle fait glisser dans sa direction l'enveloppe qui contient les billets.

— Alors ? lance Daryl. J'ai eu bon combien de fois ? Zéro, je suppose.

— Je n'ai pas le droit de vous le dire, élude la jeune femme. C'est comme au poker, quand la partie est finie, la politesse exige qu'on ne demande pas à son adversaire de dévoiler ses cartes. Surtout si l'on a perdu.

Daryl se lève, en proie à une vive frustration, et quitte la pièce sans un mot. Bon, 50 dollars c'est mieux que rien, ça lui permettra de se payer des chaussures correctes, celles que lui a passées Damian ont beau porter la griffe d'un grand couturier, elles restent trop petites et lui rabotent les arpions.

Il décide de ne plus y penser et s'en va bosser à la bibliothèque un exposé qu'il a intitulé *Jung versus Freud, un match indécis*, comme ça, par pure provoc. Dès fois, une force obscure le pousse à faire le con. Devrait-il s'en inquiéter ?

Ensuite, il ira bouffer au réfectoire, le menu de base, le moins cher. Quand on s'en étonne, il prétend suivre un régime basses calories hyper-protéiné. L'ennui c'est que le resto de la fac ne brille pas par ses qualités gastronomiques. Daryl se fait l'effet d'un cosmonaute en apesanteur réduit à se nourrir de bouillies au goût indéfinissable extraites de sachets en alu.

À la bibli, il échoue à se concentrer sur son travail. Les photos présentées par Helen continuent à l'obséder. Elles étaient pourtant d'une grande banalité, rien à voir avec des clichés de scènes de crimes montrant des nanas éventrées, des têtes coupées ou ce genre de trucs glauques. Il n'y pige rien, et ça l'énerve. Méchamment.

Quand, au sortir du réfectoire, il regagne sa chambre il est de mauvaise humeur. Pourtant, une fille l'a dragué un max sur le campus. Une certaine Linda, ancienne capitaine de cheerleaders, super bien foutue, la jupe à ras la foune. Il n'a pas donné suite... à cause des photos qui défilaient en boucle dans son esprit. Pourquoi ?

C'est dingue, refuser un coup pareil, ça ne se fait pas. Les nanas le draguent souvent, parce que le bruit court qu'il est gay et qu'elles se sont donné pour mission de le ramener dans le droit chemin, celui de la chatte toute-puissante.

Il passe une mauvaise nuit peuplée de rêves confus durant lesquels il imagine la querelle Jung / Freud sous la forme d'un match de catch, chaque adversaire rivalisant de prises vicieuses pour terrasser l'autre. Il en est l'arbitre mais personne ne l'écoute. Pour finir, les deux combattants se liguent contre lui et le mettent en pièces.

Le matin, alors qu'il descend au bureau postal pour vérifier que le versement mensuel de sa bourse est bien arrivé, il a la surprise de dénicher dans sa boîte aux lettres un mot de cette chère Helen lui annonçant qu'il est invité à participer à la seconde session du projet et que, cette fois, la rémunération sera de 100 dollars ! Inespéré ! Un *post-scriptum* précise que ladite session se tiendra le soir même à 23 heures. Le cœur en joie, il oublie de s'étonner d'un rendez-vous aussi tardif.

— C'est un rencard ! siffle Damian d'un ton fielleux. Tu lui as tapé dans l'œil, elle te drague.

— Tu déconnes, élude Daryl, c'est une vieille d'au moins trente ans !

— Ce sont les pires, chuinte son compagnon. C'est l'âge où elles entrent en surchauffe.

Damian se trompe car, effectivement, la session se déroule dans la même froide atmosphère que la veille.

Cette fois, il n'est plus question d'images.

— Je vais vous faire écouter des enregistrements, explique Helen. Quatre, pour être exacte. L'un d'eux reproduit la voix d'un criminel. Vous devrez me dire lequel, toujours sans analyser, en suivant votre instinct.

— Le FBI a déjà tenté ce genre de truc, objecte Daryl. Ça n'a rien donné.

— Essayons tout de même, voulez-vous ? insiste Helen.

— Et j'aurai les 100 dollars, même si je me trompe ?

— Nous ne sommes pas dans un jeu télévisé. Vous serez rétribué, n'ayez crainte.

La jeune femme ouvre un tiroir, en sort un magnétophone et presse sur une touche. Daryl est sidéré par la qualité sonore de l'enregistrement. À croire que le type est dans la pièce.

Il s'agit d'un appel banal concernant la location d'une chambre d'hôtel. Celui qui parle doit avoir la soixantaine, timbre de gros fumeur, enroué.

Les trois enregistrements suivants concernent également des locations : voitures, motel, excursion maritime. Ils sont courts, jamais plus d'une vingtaine de secondes. Les locuteurs doivent avoir entre 20 et 40 ans.

— Le numéro 2, décide Daryl qui lorgne l'enveloppe de la prime posée au bout de la table.

Encore une fois, il a dit ça au hasard. Il ne se sent ni concerné ni excité. Il sait que ce genre de projet termine le plus souvent aux oubliettes. Le Département de Psychologie en lance trente par ans, chapeautés par des étudiants de 3e année qui rédigent un mémoire de fin d'études. Les sujets proposés frisent parfois le grotesque et ne sont que prétextes à statistiques.

L'argent en poche, il prend congé et sort. Linda, l'ex-capitaine de cheerleaders l'attend, assise du bout des fesses au bord de la fontaine du campus. Cette fois il, accepte de la suivre.

Trois jours s'écoulent, la boîte aux lettres reste vide. Pas d'autre convocation. Il est déçu. C'est donc qu'il a échoué. Un vague regret le tenaille, il ne sait pourquoi. De quoi se plaint-il puisqu'il a empoché 150 dollars ?

Puis il est repris par la routine de la fac, les cours magistraux, les exposés, les travaux en groupe, et il finit par oublier l'étrange jeu auquel il a participé.

C'est alors que la troisième convocation tombe. Cette fois, il est question d'une rémunération de 300 dollars, comme si on craignait que, lassé, il ne se présente pas au rendez-vous. Cette surenchère dégage un désagréable fumet d'appât. Daryl flaire une embrouille, une manipulation. Il ne doit pas oublier que Morgan est derrière tout ça, tirant les ficelles dans l'ombre. Que cache cette histoire d'instinct animal ? L'intitulé du projet est probablement bidon, il sert d'écran de fumée à quelque chose de plus ambitieux.

Malgré ces réserves, il se rend le soir même à la convocation.

Cette fois, Helen lui présente trois valises en carton, identiques. Sur chacune, on a peint en blanc un numéro.

— L'un de ces bagages contient les vêtements d'un terroriste, explique Helen. Vous n'aurez pas le droit de les voir ou de les toucher. À cet effet, je vais vous bander les yeux et vous garderez vos mains dans vos poches.

— D'accord, ricane Daryl, je suis censé me débrouiller comment ? Vous croyez que j'ai une vue aux rayons X, comme Superman ?

— Vous allez vous servir de votre nez. Les flairer. Vous arrêterez votre choix à partir des odeurs enregistrées par votre cerveau. Je tiens à préciser qu'aucun de ces vêtements n'a été en contact avec des explosifs dont vous pourriez reconnaître l'odeur. On y va ?

— Quand vous voulez.

Helen ouvre brièvement chaque bagage, guère plus d'une dizaine de secondes. À part un fumet de tissu sale, Daryl ne note rien d'insolite.

— La valise numéro 2, soupire-t-il, pressé d'en finir.

— Bien, conclut la jeune femme. Vous pouvez ôter votre bandeau, l'expérience est terminée, nous ne nous reverrons plus. Voici votre enveloppe.

Daryl quitte la pièce. Il aimerait trouver une phrase qui claque, mais son imagination reste en panne. Il se contente de fourrer les billets dans sa poche et de jeter l'enveloppe par-dessus son épaule, façon « petit mec à qui on ne la fait pas ». En réalité, il se sent un peu con.

Durant la semaine qui suit, il vérifie régulièrement sa boîte aux lettres. En vain. Helen a dit vrai, le jeu a pris fin. Il en éprouve une bizarre frustration mais n'ose aller réclamer des explications à Morgan. De toute manière le bonhomme ne répondrait pas, ce serait contraire à l'éthique.

Daryl essaie de se réhabituer à la routine de la fac. Tout lui semble fade après cet intermède étrange. C'est comme si, l'espace d'un instant, il avait visité une autre dimension.

Il n'émergera de sa torpeur que lorsque Damian lui désignera subrepticement deux hommes en costumes anthracite qui traversent le campus. On dirait des Mormons, ou les envoyés de quelque prédicateur venus prêcher la bonne parole et recruter de nouveaux disciples.

— Merde, souffle Damian. Les revoilà.

— Qui ?

— Tu vois ces deux mecs ? Ne t'en approche pour rien au monde. Ce sont des *Talent scouts.*

— Quoi ? s'impatiente Daryl.

— Des recruteurs, si tu préfères. Des mecs dépêchés par les Agences fédérales. Le FBI, la NSA… la CIA. Ils écument les universités à la recherche de candidats potentiels.

— Tu déconnes ! Tu as regardé trop de séries télé.

— Non, c'est la vérité. Ils ne cherchent pas forcément des espions genre James Bond, mais plutôt des analystes, des programmeurs, des stratèges. Des mecs super doués dans leur partie, et dont ils développeront les talents. Ils écument les facs à la recherche de petits génies. Par exemple, des psychologues experts en manipulation mentale, des chimistes capables de concocter de nouvelles drogues. Ce style de merdes, quoi. Ils ne kidnappent personne, mais font miroiter aux gars un contrat mirifique et un boulot exaltant, bien plus chouette que d'être cadre sup pour les GAFA. Ça marche à tous les coups, ou presque. Allons, tu sais bien qu'on vit nos dernières bonnes années, une fois dans le monde du travail on se fera chier comme nos parents, on trimera dans un cabinet d'avocats 90 heures par semaine pour crever à cinquante ans d'une crise cardiaque ou d'un AVC. Devenir espion, ça doit être le pied, non ? Ça ne te fait pas envie ?

Daryl ne se laisse pas impressionner par le ton sarcastique de Damian. En fait, il n'en croit pas ses oreilles, son rythme cardiaque s'accélère. Il a tout de suite fait le lien avec les tests bizarres de la mère Helen. *Se pourrait-il que...*

— Et selon toi, qu'est-ce qu'ils viennent faire ici, dans cette petite fac pourrie ? s'enquiert-il, mine de rien. C'est loin d'être Harvard.

Damian grimace.

— S'ils ont fait le voyage, c'est qu'on leur a signalé la présence d'un élément intéressant, grogne-t-il. Quelqu'un qui sort de l'ordinaire. Ils viennent lui proposer de sauver la bannière étoilée, et il y a fort à parier que le pauvre type se laissera rouler dans la farine. Dès la semaine prochaine, il manquera un étudiant sur le campus, je suis curieux de savoir qui.

Voilà, c'est exactement ce qui va se passer. Damian n'a fait qu'anticiper le déroulement du processus.

Le lendemain, Morgan demande à Daryl de rester après la fin du cours. Tandis que l'amphithéâtre se vide, le vieux psy se contente de murmurer :

— On vous attend en salle 109. Ne traînez pas. Il y va de votre avenir. Et, pour une fois, ne vous croyez pas obligé de tout faire foirer. Vous n'aurez pas de deuxième chance. Réfléchissez. Je peux déjà vous annoncer que vos notes sont trop médiocres pour qu'on envisage de reconduire votre bourse. Si vous voulez obtenir un diplôme, il vous faudra régler les frais de scolarité de votre poche, et je ne crois pas que vous en soyez capable. On se comprend ?

Daryl hoche la tête, toute honte bue. Tandis qu'il cherche la salle 109, il constate que ses jambes ont tendance à trembler. Il a conscience de vivre un moment charnière de son existence. Comme avaient coutume de le dire les jeunes recrues de la Guerre de sécession lorsqu'elles montaient pour la première fois au combat : *il va voir l'éléphant.*

Il frappe à la porte, on lui dit d'entrer. Les deux types en costume anthracite sont là, assis derrière une table de conférence en imitation acajou. L'un est déjà vieux, l'autre sur le mauvais versant de la quarantaine. Ils se présentent. L'ancien affirme se nommer Oswald, son acolyte Max. Max gardera les lèvres soudées tout le temps de l'entretien. Il a une gueule de sergent de Marines, minérale, caramélisée au soleil des tropiques, une vilaine cicatrice sur la pommette gauche… et vingt kilos en trop. Laurel et Hardy version barbouze.

Oswald, à demi-chauve, le cheveu et les yeux gris, a quelque chose d'un exorciste. Son cou décharné peine à remplir le col de sa chemise. Le genre poulet déplumé plus assez bon pour être mis en broche.

Daryl s'aperçoit qu'il va devoir rester debout car on n'a pas prévu de chaise à son intention, histoire de le mettre en situation d'infériorité. Le mauvais élève convoqué chez le proviseur. Le traître qui passe en cour martiale… C'est tellement grossier qu'il manque de pouffer de rire.

— J'ai là vos résultats aux tests que vous avez passés, énonce Oswald d'une voix — trop « articulée » — qui sent la Grande école et la Diplomatie. Ils sont exceptionnels.

— J'ai répondu au hasard, lâche Daryl.

— Non, corrige le vieux. Vous avez répondu à l'instinct, c'est la raison de notre présence ici.

— Ah ouais ? Et quel est mon score ?

— Cent pour cent de réponses exactes.

— C'est impossible. Vous déconnez.

— Pas du tout. Vous avez chaque fois détecté avec justesse qui était coupable, visuellement, auditivement et olfactivement. C'est la première fois que nous nous trouvons en face d'un tel taux de réussite. Vous êtes un sujet exceptionnel.

Daryl ricane pour se donner une contenance. Il se demande à quoi rime cette comédie. S'agit-il d'un nouveau test ? Une connerie inventée par Morgan ? Est-ce qu'on est en train de l'observer, voire de le filmer ? Quel serait le but de l'expérience ?

Tester la crédulité d'un sujet face à une autorité qu'on n'ose remettre en question ?

Oui, ça pourrait coller.

Oswald a deviné ses réticences car il lance, d'un ton tranchant :

— Jeune homme, notre temps est compté et nous avons d'autres candidats à auditionner. Nous ne sommes pas là pour vous forcer la main. Si notre proposition ne vous convient pas, vous pouvez tourner les talons et retourner à la médiocrité de votre cursus universitaire qui, vous le savez déjà, débouchera sur un diplôme sans valeur, comme la plupart des diplômes décernés ici ou ailleurs. Vous devrez vous estimer heureux si vous dénichez un emploi de vendeur dans un Walmart ou un RadioShack.

— Heu… lâche Daryl, le problème c'est que je ne sais toujours pas en quoi consiste votre proposition. Je ne peux pas acheter chat en poche.

Le vieux sourit et claque des doigts. Aussitôt, Max sort de son immobilité tel un golem réveillé par son maître. Il extirpe un document officiel d'un attaché-case écorné. C'est un accord de confidentialité. Ne pas le respecter sera considéré comme un crime fédéral et passible d'une peine d'emprisonnement de vingt ans. Là, ça commence à devenir intéressant. Mis en appétit, Daryl paraphe chaque feuillet et signe.

Oswald paraît se détendre et daigne enfin quitter sa chaise pour s'approcher de Daryl. Entrant dans l'espace personnel du candidat, il crée ainsi une relation d'intimité qui peut être interprétée comme une menace. Daryl se garde bien de reculer, une façon comme une autre de répondre : « J'ai pas peur de toi, vieux con. »

— Vous êtes devant une ligne frontière, explique posément l'étrange bonhomme. Si vous la franchissez, vous ne pourrez plus revenir en arrière. Votre vie en sera à jamais métamorphosée. Vous passerez de l'autre côté du miroir, vous verrez des choses que personne ne soupçonne, et cela parce que vous avez un *pouvoir* très particulier. Je ne plaisante pas. Vous êtes, comme dans ces conneries de films pour ados, une sorte de mutant.

— Un super-héros ?

— Je n'irai pas jusque-là. Vous êtes à part, oui, car vous avez conservé intact un don qui était très banal à l'époque où l'homme vivait encore dans une caverne. Un instinct vital, celui de détecter les prédateurs par la vue, l'odorat et le son. Ce don, tous les grands fauves le possèdent à la naissance, il est inné, issu de leur mémoire collective, mais l'être humain l'a perdu au fil des siècles à force de se rouler dans le confort. S'il en jouissait encore aujourd'hui aucun tueur en série ne réussirait à trouver de proie car, d'instinct, on s'écarterait de lui, on le fuirait... ou on l'abattrait pour l'empêcher de nuire. Vous me suivez ?

Daryl hoche la tête. Il est assez d'accord avec le vieux. Il a un peu travaillé sur l'instinct animal et sait qu'un chat, un chien sont capables de détecter un danger en une fraction de seconde, alors que leurs maîtres s'imaginent en sécurité. Leur cerveau est équipé de capteurs programmés pour la survie, en mesure de réagir en une microseconde après avoir analysé une multitude de paramètres enregistrés de manière inconsciente.

— Vous savez que je n'exagère pas, insiste Oswald. À la différence de la plupart de vos congénères, vous fonctionnez comme une bête. Vous êtes perpétuellement en mode « surveillance », vous analysez votre environnement sans même le savoir. Vous êtes une sentinelle. Dans le clan initial, aux temps préhistoriques, ç'aurait été votre rôle. Vous auriez veillé à la sécurité de la tribu. Vous auriez été LE veilleur, celui qui ne dort que d'un œil.

— *Et?* lance Daryl, qui souhaiterait entendre formuler une proposition concrète.

— Nous avons besoin de gens comme vous, abrège Oswald. Nous sommes en train de constituer une unité d'élite, une unité secrète. Cette unité d'exécutants ne peut fonctionner sans un veilleur, sans un détecteur qui lui indique quelle cible frapper. Vous devez comprendre que les choses se précipitent, la situation se dégrade. Le temps n'est plus aux longues enquêtes, aux recoupements, aux écoutes téléphoniques, aux surveillances par drones… tout ça appartient déjà au passé. Il importe de faire le ménage rapidement, sans tergiversations inutiles, sans comités d'éthique, avocats, journalistes, humanistes, qui nous mettent systématiquement les bâtons dans les roues et paralysent la justice. La VRAIE justice. Celle qui sauve les honnêtes gens au lieu de trouver des excuses aux voyous, aux terroristes et aux dégénérés.

« Tiens, songe Daryl, en voilà un qui ne vote pas Démocrate. » Au même instant un frisson d'épouvante le saisit. Il comprend que l'accord de confidentialité relève du pipeau. Il en sait déjà beaucoup trop pour qu'on se permette de le laisser en vie. S'il refuse la proposition qu'on lui fera d'ici une minute, il ne passera pas la nuit. Demain, on le retrouvera mort dans son lit, victime d'une overdose. *Il est cuit.* Il n'a plus le choix. Une étincelle sardonique dans l'œil du vieux lui confirme qu'il a vu juste.

— Je sens que nous sommes sur la même longueur d'onde, chuinte Oswald. Nous nous comprenons à demi-mot, pas vrai, *fils*?

— Exact, souffle Daryl d'une voix éraillée (puis, ayant repris son souffle, il ajoute :) et quel serait mon rôle dans cette… équipe ?

Oswald s'éloigne. Il tire d'un étui en argent damasquiné une longue cigarette orientale qu'il prend le temps d'allumer, au mépris de toutes les règles, soulignant ainsi qu'il est, en réalité, un vrai rebelle.

— L'équipe, comme vous dites, a besoin d'une tête chercheuse. Vous serez ce détecteur, vous lui indiquerez où frapper à coup sûr. Grâce à vous, il n'y aura pas de bavure, aucune méprise sur la cible. Si l'on nous dit : « Un terroriste professionnel atterrira demain à JFK, mais nous ne disposons d'aucune information sur son aspect physique qui, de toute manière, a sans doute été chirurgicalement modifié… », il vous incombera de le dénicher au milieu d'une foule de passagers a priori innocents. Vous serez là pour le montrer du doigt et dire : « C'est lui ! » Mes hommes se chargeront du reste. Enlèvement ou annihilation, en fonction de la gravité de la menace. L'important ce sera votre expertise, elle sera décisive et nous ne la mettrons jamais en doute. Grâce à votre instinct — à votre *pouvoir* — nous aurons la certitude de mettre dans le mille, et cela en court-circuitant un appareil judiciaire qui nous interdirait d'agir, au nom des Droits de l'Homme et autres foutaises. Parce que vous croyez que les terroristes ou les tueurs en série se soucient des Droits de l'Homme ?

Oswald qui, l'espace d'une seconde, a laissé transparaître une certaine véhémence, se reprend. S'apercevant que la cigarette tremble entre ses doigts, il l'écrase sur la table de conférence.

— Bon, conclut-il abruptement, est-ce que le job vous intéresse ?

Daryl, qui n'a pas d'autre choix, répond par l'affirmative.

— Bien, soupire le vieux. Je n'aurais pas aimé entendre autre chose.

Voilà, l'affaire est conclue. Daryl est aussitôt encadré par les deux hommes qui, sans lui donner le temps de recouvrer ses esprits, l'escortent jusqu'à un fourgon aux vitres opaques garé en bordure du campus. On ne lui laisse même pas le temps de récupérer ses affaires personnelles.

Il ne reverra jamais Damian.

Oui, c'est ainsi qu'il a cru devenir un super-héros. Un rêve dont le réveil a été plutôt brutal.

MAGGIE

Maggie est satisfaite, elle a retrouvé toute seule le chemin de son mobil-home. Ce n'est pas si fréquent. Il lui arrive de tourner en rond des heures durant jusqu'à ce qu'une bonne âme daigne la prendre par la main et la ramener chez elle.

La caravane, une *Airstream* grand modèle, vaut une fortune, mais elle n'a pas su l'entretenir, et l'aménagement intérieur a vite tourné au campement hippie. Elle est plantée, tel un wagon de chemin de fer abandonné, au milieu d'un terrain sablonneux dont Maggie est propriétaire, ce qui fait qu'on ne peut l'en expulser. Tout autour se dressent les squelettes carbonisés des totems qu'elle a passé des années à sculpter nuit et jour pour en faire le point culminant de son œuvre. Car c'était sa raison de vivre, jadis, elle était artiste. Une artiste bien placée sur le chemin de la célébrité, spécialisée dans les artefacts à caractère religieux, et notamment les totems. Des totems résolument modernes, s'inspirant de l'actualité, mélangeant monstres et hommes politiques, acteurs et scientifiques, leurs visages s'entremêlant, s'entre-dévorant, s'interpénétrant en une bacchanale dont on n'arrivait pas à déterminer s'il s'agissait d'un combat, d'une dévoration collective ou d'une partouze effroyable. Tout cela dans un style sinueux, vipérin, une turgescence ambiguë ou le salace côtoyait l'effrayant et la beauté absolue.

Elle avait vingt-cinq ans à l'époque, et ne vivait que pour son art, poursuivant une vision imprimée dans sa mémoire lorsque son père, ivre mort, avait perdu le contrôle de son véhicule et embouti le totem marquant l'entrée d'une réserve indienne touristique.

Souvent, la nuit, Maggie revoit en rêve le mât sculpté où s'empilent les faces d'une vingtaine de démons ricanants. Il bouge, il oscille puis, avec un craquement terrible, s'abat sur la voiture, un vieux break d'occasion dont il aplatit le toit aussi facilement qu'on écrase une boîte de bière sous le talon. Le pylône lamine le capot, fait éclater le pare-brise, pulvérise le moteur. Assise à côté de son père, à la place du mort, Maggie voit le bec d'un dieu faucon s'immobiliser à trois centimètres de son visage. Il s'en faut de peu que le coin de bois ne lui cloue le front sur l'appui-tête.

Elle ignore encore comment elle a eu le réflexe d'ouvrir la portière et de rouler à l'extérieur, se déchirant paumes et genoux sur le ciment lézardé de l'ancienne piste. Son père, saoul comme une bourrique, l'a imité et se jette dans le fossé. Fossé dont il sera incapable de s'extirper, même quand sa femme — qui tient dans ses bras Samuel, le jeune frère de Maggie — hurle de terreur, coincée sur la banquette arrière du véhicule tordu. C'est alors qu'une étincelle met le feu à la flaque d'essence qui s'est répandue sous le châssis. Le souffle de l'explosion projette Maggie de l'autre côté de la route, ce qui l'empêchera de brûler vive. Jonas, son père, tombera sur le cul, au fond de son trou tandis que les flammes passeront au ras de sa tête, lui embrasant la chevelure. Le cuir chevelu cautérisé, il restera chauve pour le restant de ses jours.

Maggie a dix ans. Victime d'une amnésie psychologique, elle restera six mois dans une institution pour enfants présentant des troubles caractériels. De l'accident, elle conserve une seule image : celle du dieu faucon crevant le pare-brise à coups de bec et se rapprochant de son visage jusqu'à occulter son champ visuel.

Son père vient rarement la voir, il est trop occupé par la bataille juridique dans laquelle un avocat d'ambulance[2] l'a entraîné. Le plaideur professionnel lui a assuré que l'affaire était gagnée d'avance puisque l'examen du totem a montré qu'il était infesté de termites et donc fragilisé à l'extrême. Il aurait dû, normalement, être abattu et remplacé depuis longtemps car il représentait un réel danger pour le voisinage.

Maggie mettra deux mois à comprendre que sa mère et son frère sont morts carbonisés.

---

2. Avocats qui hantent les hôpitaux dans l'espoir de convaincre les victimes d'accident d'entreprendre un procès qui pourrait leur rapporter de juteux dommages et intérêts.

La police locale étant arrivée sur les lieux avec beaucoup de retard — et ayant passablement cafouillé —, l'alcoolémie du père ne pèsera guère dans la balance. En effet, la prise de sang, effectuée hors des règles par un infirmier stagiaire non diplômé, sera déclarée irrecevable en tant que pièce à charge. Un médiateur convaincra les parties en présence d'accepter un accord à l'amiable. Jonas touchera un dédommagement versé par le parc d'attractions, très inférieur à ce qu'il espérait, mais qui lui permettra de vivoter d'une petite rente jusqu'à la fin de ses jours, dans une semi-oisiveté. Officiellement, il souffre d'un SPT incompatible avec l'exercice d'un travail régulier.

Jadis vendeur en électroménager, il se complaira dans le rôle du veuf inconsolable et, sur les conseils de son thérapeute, s'inscrira à un cours de théâtre amateur. Pendant dix ans, il parcourra le pays au sein d'une troupe minable se produisant dans les maisons de retraite. L'alcool aidant, il finira par se persuader qu'il est un acteur de grand talent auquel Hollywood a refusé de donner sa chance à cause de sa calvitie.

Un soir de Noël, dans un petit bourg enneigé du Maine, il se saoulera une fois de trop, perdra connaissance dans une ruelle peu fréquentée et mourra d'hypothermie à quarante-cinq ans.

Maggie ne lui pardonnera jamais cette mascarade.

* *
*

La vieille femme pousse la barrière branlante qui délimite sa propriété, au demeurant un ancien champ pétrolifère aujourd'hui asséché qu'elle a acheté pour une bouchée de pain, le lieu, considéré comme toxique, étant impropre à la culture comme à l'élevage.

Les totems calcinés l'accueillent, ruines dressées tels d'anciens bûchers ayant survécu à la crémation d'une armée de sorcières. Dix années d'un labeur de chaque instant parti en fumée en une nuit.

Maggie ne peut s'empêcher de les caresser au passage, se noircissant les paumes. Chaque effleurement les émiette un peu plus, effaçant les reliefs pulvérulents. Les visages taillés dans le bois perdent ainsi leurs caractéristiques, devenant au fil des mois anonymes. Au pied des totems gisent des bidons d'essence ; ceux que l'incendiaire a utilisés pour l'autodafé.

L'incendie date de trois ans, et Maggie s'étonne d'y avoir survécu. Mais, peut-être, son vieil adversaire ne souhaitait-il pas la tuer ? Seulement la condamner au désespoir pour la punir ? La punir de quoi, précisément ?

Ce n'est pas la première fois que cela se produit. Elle a beau fuir, où qu'elle aille *il* la retrouve. C'est par miracle qu'elle a échappé à trois brasiers successifs : dans le Maine, en Alabama, au Texas… Chaque fois, elle a été réveillée en sursaut par l'odeur de fumée et le crépitement des flammes. Les flammes ont un parfum qu'elle reconnaîtrait entre mille. Ce parfum qu'elle a flairé pour la première fois lors de l'accident originel.

Elle ignore l'identité de son ennemi, du moins en a-t-elle l'impression. Mais est-ce bien la vérité ? Cette information capitale est sans doute enregistrée dans l'une des zones cérébrales dont l'accès lui est interdit depuis son AVC. Le secret est là, enfermé dans un coffre, elle en a la certitude. Un coffre dont elle a perdu la clef.

Lors du dernier incendie, elle est restée couchée dans le mobil-home, trop lasse pour hurler ou se défendre, tandis que les reflets des flammes dansaient autour du lit, l'encerclant, se rapprochant puis s'éloignant, jouant avec sa peur, son dégoût. Elle a bien cru, cette fois, que la fumée allait l'asphyxier mais elle s'est contentée de fermer les paupières et d'attendre. Par chance, le vent du désert s'est levé, chassant les volutes en sens contraire, couchant les flammes avec tant de violence qu'elles ont fini par s'éteindre.

Le shérif et les pompiers sont arrivés lorsque tout était fini. Par choix ? Parce qu'ils n'ont pas envie d'être mêlés aux « histoires » d'une étrangère ? Possible. Comme elle est vieille, on lui fiche la paix. On se sent également un peu coupable de lui avoir vendu ce terrain inhabitable à un prix trop élevé. Et puis, on chuchote qu'elle serait parente d'un homme d'État très important, et qu'il est préférable de ne pas lui chercher noise, elle pourrait facilement se venger. Un simple coup de téléphone et l'on verrait débarquer les gens de l'IRS[3], ce dont personne n'a envie, n'est-ce pas ? Surtout les commerçants qui siègent au conseil de l'hôtel de ville. Mieux vaut regarder ailleurs. L'incendie ? Oh ! un accident, simple feu de broussailles. Pourquoi s'étonner, avec tous ces *tumbleweeds* qui virevoltent dans le désert !

Maggie délaisse les totems et se hisse en grimaçant sur le marchepied de l'*Airstream.* Elle se sent épuisée. Ses forces déclinent, elle en a conscience. Elle a récemment pris la décision d'arrêter de fuir, elle n'a plus assez d'énergie. Non, elle n'ira pas plus loin et attendra de pied ferme la prochaine visite de son persécuteur. Il faudra bien, un jour, que ce jeu de cache-cache prenne fin.

Une fois à l'intérieur de la caravane, elle se précipite vers le réfrigérateur et s'empare de la carafe de citronnade pour boire goulûment. Le pichet vidé, elle s'abat dans son fauteuil préféré, celui dans lequel elle a moins mal aux lombaires. Elle laisse courir son regard sur le bordel qui submerge le moindre recoin. On se croirait chez un brocanteur. C'est entièrement sa faute, elle n'a pas su empêcher les choses de partir à vau-l'eau. C'était pourtant un magnifique mobil-home au départ, presque une vraie maison sur roues. Du moins pouvait-on, avec un peu d'imagination, en avoir l'illusion.

3. Administration fiscale.

Comme cela arrive quand elle est fatiguée, des images défilent sous son crâne. Le petit cinéma de sa vie déroule des fragments de souvenirs en vrac, collés bout à bout sans transitions ni explications. Difficile d'y comprendre quelque chose, voire de les croire réels. Sans doute s'y mêle-t-il des séquences issues de films célèbres, des extraits de romans ? Le vrai et le fictif agglutinés en une même tambouille ! Hélas, elle n'est plus en état de faire le tri. Elle se soupçonne parfois de réécrire le scénario de sa vie. D'en modifier les protagonistes au gré de sa fantaisie... D'enjoliver ceux qu'elle aimait et de noircir les autres à l'excès.

Elle ne sait plus exactement où et quand tout a commencé. Le point d'origine, hein ? *Le foutu point d'origine.*

Alta ? Oui, peut-être la rencontre avec Alta, lors de l'exposition des jeunes talents, à New York, dans cet horrible bâtiment de Greenwich Village, une ancienne boucherie, non ?

L'expo avait choisi pour titre un jeu de mots débile : *Green Witches' Village.*

Des jeunes talents féminins y présentaient des œuvres provocatrices. C'était il y a longtemps, Maggie avait, quoi ? Vingt-cinq ans, moins ? Plus ?

Elle venait de sculpter ses premiers « totems », encore bien timides en comparaison de ce qu'elle ferait deux ans plus tard. Tout de suite, Alta lui avait sauté dessus. Alta était alors une célébrité de la *jet-set,* celle qui faisait et défaisait les réputations en l'espace d'une chronique dans *le* bon magazine.

Alta, une girafe sexy. La peau d'une blancheur albinos, un diamant en guise de piercing sur la langue. Un mètre quatre-vingt de femme au crâne rasé enveloppés dans un chiffon à 100 000 dollars dont Picasso se serait servi pour essuyer ses pinceaux avant d'y tailler une robe impudique. Des mains aux ongles interminables, métalliques, qu'on imaginait fort bien lacérant les toiles des précieux tableaux du MoMa.

Alta…

Elle avait dit :

— Putain ! Gamine, tes zobs géants sont à croquer ! La bite version baobab, j'adooore ! Les mecs doivent se sentir tout petits en face de ça. Écoute ! Écoute ! Tu n'entends pas leurs couilles se ratatiner de honte ?

Et elle avait éclaté de ce rire obscène, célèbre parce qu'il se terminait en halètement orgasmique.

Le lendemain, elle signait dans une prestigieuse revue d'art un article qui hissait une jeune inconnue au pinacle. En l'espace de vingt-quatre heures, Maggie était devenue célèbre… et *bankable.* Toutes les galeristes la voulaient.

Alta. On l'adorait parce qu'on craignait sa langue de vipère. Pour les membres de la *jet-set*, sa présence à un dîner ou un cocktail était un *must have*, le signe incontestable qu'on venait d'être adoubé par l'élite.

Aujourd'hui, Maggie a du mal à se remémorer l'enchaînement de circonstances qui l'a amenée à s'installer, à vivre chez Alta.

Car, oui, c'est ainsi qu'elle est passée d'une YMCA à un hôtel particulier sur Park Avenue.

Est-elle devenue l'amante d'Alta ? Non, elle ne le croit pas car il lui semble que sa protectrice n'était nullement lesbienne, même si elle aimait répandre la rumeur d'une bisexualité mâtinée de zoophilie.

(Il manque quelque chose au tableau, une pièce importante. Maggie en a la certitude. Elle garde le souvenir d'un coup de foudre, d'un grand amour… Sa mémoire défaillante a gommé un personnage capital. *Qui ?*)

En réalité, il y avait deux Alta : l'une publique, l'autre privée. Une dichotomie frisant le dédoublement de personnalité. Une fois retranchée sur son territoire, derrière ses portes blindées, ses baies vitrées en verre miroir qui la protégeaient de la curiosité malsaine des paparazzis, elle devenait quelqu'un d'autre, une émigrante en savates, pull acrylique distendu, pantalon froissé et couvert de taches de café. Elle cessait de se maquiller, voire de se laver, et cela jusqu'à dégager un fumet d'écurie.

— Chérie, avait-elle déclaré à Maggie. Tu vas t'installer dans le grand atelier qui donne sur le jardin. Tu verras, c'est superbe mais je n'y vais jamais, j'ai horreur des fleurs, j'y suis allergique, et puis elles me flanquent la gerbe depuis qu'on m'a révélé que ce sont des organes sexuels béants. Je vais devenir ton agent et je ferai de toi une méga-star. En retour, tu me fileras 70 % de tes ventes, ce qui te laissera une bonne marge, ne t'inquiète pas. Il faudra également te créer une image publique adéquate. Le succès ne va pas sans cinéma, pourquoi crois-tu que je m'acharne à jouer à la reine des salopes ? Les médias adorent les bouffons magnifiques.

* *
*

Maggie s'arrache péniblement au fauteuil, en proie à l'angoisse habituelle qui la saisit dès que le soleil se couche. Elle ouvre un tiroir pour s'emparer du Walther PPK qui y dort roulé dans un chiffon huileux. Une arme de femme, lui a-t-on répété, conçue pour une paume étroite. Paradoxalement popularisée par les films mettant en scène un James Bond archétype de virilité et de muflerie.

Maggie apprécie le Walther, léger, petit, ramassé… *mignon,* qui s'adapte si bien à sa main.

Elle s'approche de l'une des fenêtres du mobil-home et jette un coup d'œil aux alentours. Histoire de vérifier que l'incendiaire n'est pas de retour. Elle soupçonne bien sûr Daryl. Daryl qui lui a volé Ichika, sa fille adoptive. Oh ! elle n'est pas dupe, elle sait que ce serait bien commode de réunir dans une seule et même haine le suborneur et l'incendiaire. Faire d'une pierre deux coups. Parfois, elle se dit qu'elle pourrait l'abattre sans que le shérif ou la population ne lui cherche noise, car tout le monde déteste Daryl, l'âme damnée du Maître d'écurie. Oui, elle est presque certaine que toute la communauté regarderait ailleurs et que l'enquête serait bâclée. *Un crime de rôdeur,* conclurait la version officielle.

Qui le regretterait ? Ichika, évidemment, du moins un certain temps, car leur histoire se résume à un frottement épidermique, mais les autres, hein ? Les autres seraient soulagés. Peut-être attendent-ils qu'elle se décide à passer à l'acte en peaufinant par avance de faux témoignages : *Oui, il s'était engueulé avec un type de passage, un inconnu. Une altercation très violente. Le mec lui a dit « J'aurai ta peau. » Une histoire de drogue, à tous les coups... Daryl ? Un mec louche, pas net. On a toujours eu l'impression qu'il regardait par-dessus son épaule, comme s'il craignait d'être rattrapé par une sale histoire.*

Maggie fabule. Elle aime bien charger Daryl de tous les péchés. C'est sa grosse gourmandise. Et puis, il faut bien l'avouer, elle ne lui pardonnera jamais de lui avoir volé sa fille adoptive.

Mais la nuit tombe et elle n'y voit plus au-delà d'une dizaine de mètres. À l'origine, elle avait fait installer un réseau de projecteurs couvrant le périmètre, mais l'incendiaire les a sabotés et les réparations lui coûteraient aujourd'hui beaucoup trop chères. Elle n'est plus aussi riche que jadis. Les hospitalisations prolongées, la rééducation, le suivi psychiatrique, ont amaigri son compte en banque. Elle est en fin de course.

Elle soupire, vérifie une fois de plus que la porte est bien fermée et regagne son fauteuil. Elle pose le

Walther sur un guéridon, à portée de main. Elle s'est entraînée à le saisir et à viser la porte, comme dans les films. Au début, elle y parvenait très bien, mais l'arthrose a ralenti ses réflexes. N'empêche, ça l'amuse de jouer les *pistoleros*. À son âge, il faut apprendre à se satisfaire de petites joies : un bon café, un bon beignet… un pistolet qui fonctionne.

Les paroles du dernier psy consulté à Atlanta viennent soudain crever à la surface de sa mémoire comme des bulles de méthane dans une fosse à merde :

« Avez-vous envisagé, Margaret, que cette incendiaire qui s'attache à vos pas depuis tant d'années, et vous persécute, puisse être une pure création de votre esprit ? Et si… et si vous étiez responsable de ces brasiers ? Ça n'aurait rien d'impossible. En état second — disons *somnambulique* — vous pourriez très bien brûler vos œuvres pour vous punir de quelque chose. De quoi ? C'est peut-être là-dessus que nous devrions travailler, non ? »

Maggie n'est jamais retourné le voir. Elle lui en veut terriblement car il a su installer le doute en elle. Et s'il avait raison ? Si elle était son propre bourreau ?

* *
*

Les années passées sous la houlette d'Alta se réduisent, pour Maggie, à une suite de séquences sans queue ni tête, accolées en dehors de toute chronologie. Des flashs, aveuglants, trompeurs. Images sursaturées de revues people où les fêtards s'appliquent à sourire en exhibant davantage de dents blanchies que la nature ne leur en a données.

Alta lui mettait la pression. Beaucoup de travail, trop, le *burn-out* inévitable. Deux AIT déclarés *sans gravité*.

« Tu ne progresses plus, ma chérie ; il faut que tu élargisses ton champ de conscience, c'est évident. On ne peut plus travailler à la pépère de nos jours, il faut se faire mutant, extralucide. Tu piges ? »

Alors commence la ronde des hallucinogènes, le peyotl d'abord, parce que naturel, bien sûr, l'ayahuasca…

« C'est vegan, ça ne peut pas faire de mal. »

Et puis d'autres substances, moins courues, expérimentales, qu'Alta se procure par des moyens mystérieux : labos privés, chimistes en marge. Maggie ne dort plus, ou presque. Des images effrayantes la fusillent n'importe où, dans la rue, chez le coiffeur, au club de gym. En une fraction de seconde, elle bascule dans une autre dimension. Tantôt dans un paradis psychédélique, tantôt dans un enfer de perversions abominables. Elle perd les pédales. Ses « absences » se font plus fréquentes.

« Mais ton travail s'améliore, la rassure Alta. Tu as franchi un cap. J'ai vu le dernier totem, tu touches au divin, à l'extase mystique. Je l'ai prévendu à un consortium japonais. Un million de dollars. Il trônera dans le grand hall de leur firme, à Tokyo, ça les changera des armures de samouraïs. »

L'argent ne signifie rien pour Maggie, ce n'est pas le cas de la renommée car elle est avide de reconnaissance publique, d'applaudissements. Paradoxalement, elle mène une vie de recluse car Alta a décidé de ne jamais l'exhiber dans la haute société afin de capitaliser sur le mystère. Peu à peu, elle a bâti un mythe absurde : Maggie serait une ex-nonne violée lors d'une obscure révolte communiste, en Europe (c'est-à-dire au Moyen-Âge). Elle aurait ensuite intégré un ashram où elle aurait appris les secrets du tantrisme, de l'érotisme divinisé. Née du chaos, elle expulserait sa noirceur au travers des totems afin de purifier son « chi ». De la connerie puissance dix, mais qui fonctionne un max. Les chroniqueurs, les marchands... et les acheteurs *adooorent!*

Alta sait être très convaincante lorsqu'il s'agit de défendre ses intérêts.

Un jour, par hasard, Maggie apprend que sa bienfaitrice se nomme en réalité Maria-Fernanda de la Sanctification et que ses parents travaillaient à la chaîne dans une fabrique de conserves de thon rouge, à Nantucket. Elle piquera une crise de fou rire qui lui flanquera un hoquet de tous les diables.

(Et puis... Là, de nouveaux trous dans la trame des événements. Des péripéties que Maggie aurait volontairement censurées ? Des choses dont elle aurait honte. Il lui semble distinguer un homme. Un homme par qui le scandale arrive. Elle a beau creuser, ses efforts restent vains. Le trou ne révèle aucun coffre au trésor.)

À un moment, les choses ont mal tourné, de cela elle est certaine. Le beau rêve s'est brisé.

Un scandale en rapport avec les totems.

Une ligue de vertu peut-être, scandalisée par l'aspect sexuel des sculptures ? Un attentat ?

Elle voit des flammes, un feu crépitant. Quelqu'un a sans doute essayé de brûler ses œuvres, provoquant un drame dont on l'a rendue responsable. Un cocktail Molotov ? Elle ne sait plus. Elle se voit, prisonnière d'un brasier — une fois de plus !

Les journaux se déchaînent, la couvrent d'injures… On lui en veut, elle est devenue la tête de Turc des médias. Pourquoi ?

(Une ligue de vertu, vraiment ? Crédible, mais pas certain. Son instinct lui souffle qu'il s'agit d'une réécriture. Là, Maggie est certaine d'occulter quelque chose de terrible… Le feu, le feu c'est sûr, oui… mais le reste ? Un… *un crime ?*)

Souffrant de brûlures au troisième degré, elle est hospitalisée. Les soins nécessiteront plusieurs greffes de peau. Son accoutumance aux analgésiques et autres psychotropes affaiblit l'action des anti-douleur, la condamnant à souffrir en permanence. Les médecins lui suggèrent d'entrer en désintoxication sitôt quitté le service des grands brûlés.

Elle est toujours à l'hôpital quand Alta lui apprend que le scandale *(quel scandale ?)* a pris de l'ampleur :

« La presse a relayé l'info… explique-t-elle. Je n'ai rien pu empêcher. Un vrai feu de brousse. Ils attendaient ça depuis si longtemps. La populace n'aime pas ceux qui réussissent. La jalousie, toujours. Plusieurs clients ont annulé leurs propositions. Les enchères s'écroulent. Je ne sais pas comment ça va tourner. Enfin, il faut se montrer patientes et attendre que les choses se tassent. Avec un peu de chance, il se passera un truc bien juteux qui détournera l'attention des hyènes. Je te tiens au courant. »

Mais Alta vient de moins en moins souvent. La plupart du temps, elle se contente d'un bref coup de fil.

« Il faut dire la vérité, chérie, soupire-t-elle un jour. On est toutes les deux dans la merde. Ton naufrage est en train de m'entraîner dans les abîmes. Je ne t'en veux pas, bien sûr, mais je dois m'organiser pour tenir la tête hors de l'eau. On garde le contact. À part ça, ça va les greffes ? Ça ne te démange pas trop ? Allez, bisous. »

Pour Maggie, c'est un retour en arrière, une dégringolade temporelle. Le totem, l'accident de voiture, l'incendie et l'hôpital. Elle a de nouveau dix ans, elle délire. Elle appelle son père, sa mère. Elle demande des nouvelles de son petit frère. On la calme à coups de piqûres.

On la place en cure de sommeil. On commence à parler électrochocs, lobotomie. Quelqu'un d'important s'y oppose. *Un homme.* Les médecins doivent s'incliner. La voix de l'homme est puissante et n'admet pas de réplique. Les toubibs s'inclinent.

Quand elle recouvre enfin la liberté, après plusieurs mois d'hospitalisation, elle s'aperçoit qu'elle a perdu toute crédibilité au niveau artistique. Une revue proclame, avec cet humour cher aux chroniqueurs, qu'elle est « flambée » et que ses œuvres peuvent être « jetées au feu ».

Alta a déménagé, elle est partie vivre à l'étranger, où elle s'occuperait de la « com' » d'une maison de couture. L'hôtel particulier de Park Avenue est maintenant loué par un musicien *hip-hop*.

Stop ! Stop ! C'est trop, s'insurge Maggie. Ce portrait caricatural d'Alta empeste le règlement de compte et les outrances des séries télévisées. La vérité est probablement tout autre, mais l'ivresse de la méchanceté l'a effacée. Et toujours cette impression que certaines personnes demeurent cachées, comme sur ces photos historiques truquées où, après coup, on efface les opposants, les adversaires… ou ceux qu'on a fait assassiner. Est-ce qu'elle ne chercherait pas à s'octroyer le beau rôle ? Celui de la pauvre victime alors que… *Que quoi ?*

Et si, en réalité, elle était la « méchante » de l'histoire ?

Cette éventualité l'obsède depuis quelque temps, l'éveillant au beau milieu de la nuit

* *
*

La vieille femme s'ébroue, elle a failli sombrer dans la somnolence. Le hurlement d'un coyote l'a réveillée. La nuit venue, les coyotes ont l'habitude de parcourir les rues du village à la recherche de détritus consommables, de chats ou de chiens errants dont ils font un festin.

Elle tend l'oreille, attentive aux bruits de l'extérieur. Elle est presque certaine que, la nuit dernière, quelqu'un a essayé de traficoter la porte du mobilhome pour s'y introduire. Qui ? Son persécuteur… ou Daryl ?

Elle sait qu'il aimerait la surprendre dans son sommeil pour l'étouffer avec un oreiller. Elle s'en fiche de mourir, pourvu qu'elle ait le temps de lui tirer une balle dans le ventre. Cela la consolerait de savoir qu'il va mettre des heures à crever au milieu de souffrances abominables.

Un dernier plaisir, oui. À son âge, comme elle le dit souvent, il faut savoir se contenter de joies simples.

DARYL

Daryl remet le contact, la grosse Rover de patrouille tressaute, ronronne et reprend sa lente glissade dans la nuit.

À présent que la vieille folle s'est barricadée dans sa roulotte, il ne se passera plus rien, il peut donc rentrer au domaine. Il est toujours inquiet lorsque Maggie pique une crise, car on ne peut pas prévoir quelle lubie naîtra dans sa cervelle brinquebalante. Il a chaque fois peur qu'elle ne se lance à la poursuite d'Ichika et, sous la menace d'une arme, ne l'oblige à regagner le camping-car. Il a la conviction que, dans l'esprit de Maggie, Ichika reste la gosse de douze ans qui venait faire le ménage chez elle dans le cadre de l'aide aux personnes âgées. Il a tenté, une fois, de la raisonner, mais elle a refusé de l'écouter, a viré hystérique avant de sortir d'un tiroir un pistolet qu'elle a braqué sur lui en bégayant :

« C'est une enfant ! Vous forcez une gamine innocente à satisfaire vos vices ! C'est immonde ! Je l'ai dit au shérif mais il n'a rien fait. Vous êtes tous complices. Tas de salauds ! »

Il a dû se résoudre à battre en retraite. Inutile de rétablir la vérité. Maggie vit dans un monde coupé du réel, elle ne voit que ce qu'elle veut voir. Elle a beau avoir un joli pactole à la banque, elle reste bonne pour la camisole. Il en a parlé au shérif, qui n'a rien voulu entendre. Les gars du coin ne tiennent pas à la voir déménager car elle est riche, ce qui veut dire qu'on peut encore la plumer. De temps en temps, on lui vend une merde quelconque hors de prix sans qu'elle songe à protester. C'est tout bon. On ne tue pas la poule aux œufs d'or. Quand elle sera ruinée, on en reparlera.

Les phares de la Range éclairent le portail de la propriété qui s'ouvre automatiquement grâce au transpondeur installé dans le véhicule. Ignacio, acagnardé dans la guérite de surveillance, esquisse une parodie de salut militaire. Le pistolet-mitrailleur Uzi dont il est équipé pèse sur sa bedaine.

Le domaine est immense. Un échiquier de terrains acheté case après case aux cultivateurs ruinés par la sécheresse et les remontées capillaires des gisements de pétrole. D'anciens territoires indiens dont la branche extrémiste des Wataphas revendique la propriété ancestrale, multipliant ici et là des actions terroristes qui, pour l'heure, ne sont guère prises au sérieux par la municipalité. Ce qui, estime Daryl, est une erreur et poussera un jour ou l'autre cette bande d'excités à frapper un grand coup.

D'où la garde privée du Maître d'écurie, milice constituée de vétérans qui patrouillent nuit et jour au long du grillage de clôture électrifié.

Un long hennissement retentit. Les chevaux sont nerveux, instables, surtout ceux qu'on élève ici. Il n'est pas certain que les croisements et hybridations dont le maître des lieux est partisan donnent de bons résultats. Créer une nouvelle race tout à la fois viable et domesticable n'est pas à la portée du premier venu. Pour l'heure, les destriers qui s'agitent dans les stalles ont tout du fauve en quête d'une proie à mettre en pièces. Daryl ne se risquerait pas à les enfourcher car ils ont déjà causé la mort de trois cavaliers imprudents, des spécialistes du rodéo qui ont échoué à les chevaucher plus de cinq secondes avant de finir sous leurs sabots, cage thoracique défoncée, crâne éclaté. Un massacre.

Nouvelle race? Ouais, peut-être... Mais qui a besoin de chevaux assassins?

Daryl n'y pige rien, toutefois il a décidé de ne pas approfondir le problème. Le Maître d'écurie n'est pas de ceux qu'on interroge impunément.

Les bâtiments se succèdent, hangars immenses: granges à fourrage, laboratoires, stalles. Une ville qui empeste le crottin et la sueur chevaline. Il faut s'y faire. Pas facile. D'autant plus que Daryl n'a jamais été un fan de l'ambiance western. La mystique du cavalier, la Haute École sont des concepts qui lui passent au-dessus de la tête. Des trucs d'un autre temps. La fusion homme-cheval, le mythe du centaure magnifique, il s'en bat les couilles que c'est peu de le dire...

La lumière dans l'écurie 4 lui signale qu'Ichika est encore là, malgré l'heure tardive. C'est vrai qu'il lui arrive de dormir sur les bottes de foin, pour rassurer les chevaux que sa présence semble apaiser.

Il arrête la Range et descend en s'appliquant à ne pas claquer la portière car le moindre bruit peut conduire ces bestioles à moitié tarées à se cabrer en battant des antérieurs. Quand cela se produit, malheur au pauvre type qui se trouve dans le champ des moulinets décrits par les sabots. Au mieux, il est bon pour la fracture du crâne, au pire... mieux vaut ne pas y penser.

Il entre dans le bâtiment à pas lents, en évitant les gestes brusques. Il suffoque tout de suite : puanteur de paille et de pisse assaisonnée de monceaux de crottin. Il ignore comment Ichika peut supporter ça sans broncher. Elle est là, debout devant le box 7, caressant le museau d'un canasson.

Ichika est une pure indienne Watapha. Yeux bridés à l'extrême, pommettes accusées ; dans la pénombre, elle a tout d'une Asiatique. Les ethnologues accordent à sa tribu — aujourd'hui en voie d'extinction — une lointaine ascendance chinoise. Bof, pourquoi pas ? Ce qui compte, c'est qu'elle est d'une beauté à couper le souffle avec sa chevelure noire qui lui bat les reins. Daryl sent sa salive s'assécher. C'est la seule fille devant qui il reste démuni, couillon comme un collégien, et cela le met en rage.

— Ichika ? murmure-t-il, c'est moi.

(Crétin, tu crois qu'elle est aveugle ?)

— Je t'ai déjà répété mille fois de ne pas m'appeler comme ça, réplique la jeune femme sans cesser de caresser le cheval. Ce nom ne peut être utilisé que par ceux de ma race. Pour les Blancs, je m'appelle Rosa. Rosa White-Feather, au cas où tu l'aurais oublié.

— Je sais, répond piteusement Daryl. Je voulais te prévenir : Maggie a encore piqué une crise aujourd'hui, elle est montée sur la colline, jusqu'au trou d'eau où s'abreuvent les chevaux sauvages.

— Elle ne devrait pas, souffle l'Indienne. C'est dangereux. Si l'étalon noir la surprend, il lui cassera la tête.

— Ouais, mais je ne me risquerai pas à l'en empêcher. Tu sais qu'elle a voulu me flinguer la dernière fois que j'ai essayé d'intervenir ?

Ichika acquiesce. Elle cesse de tripoter le foutu bourrin. Daryl ne peut s'empêcher de penser que ses mains doivent puer la sueur de cheval. Il en éprouve un dégoût dont il a honte, mais c'est comme ça, voilà…

— C'est triste, murmure la jeune femme. Maggie n'a plus toute sa tête, tu sais bien. Elle a eu des malheurs, beaucoup d'accidents, des morts.

— Elle s'est surtout cramé la cervelle à coups de pilules et de sniffs.

— Pas seulement, elle est hantée par ses défunts. Ils continuent à vivre en elle et à exiger des comptes. C'est souvent comme ça avec les fantômes. Ils sont hargneux, jaloux des vivants. Je m'en suis rendu compte quand la municipalité m'envoyait faire le ménage dans son mobil-home. J'étais gosse, mais j'écoutais quand elle se mettait à parler toute seule. Ça racontait une histoire triste. Elle se sent coupable. Elle se répète que tout est de sa faute parce que c'est elle qui voulait visiter ce parc à thème, là où le totem s'est effondré sur la voiture de son père. Elle avait beaucoup insisté pour faire cette promenade.

— Son paternel était alcoolo.

— Ça ne change rien au fait que la famille ne serait pas allée à la réserve touristique si Maggie n'avait pas fait un caprice.

— Bourré comme il était, il aurait embouti une vache ou une moissonneuse-batteuse, ou aurait calé en travers d'une voie ferrée alors qu'un train de marchandises arrivait à fond la caisse.

— Peut-être, si c'était écrit. Maintenant, elle vit parmi ses fantômes, une existence qu'elle s'est taillée sur mesure.

— Tu me l'as expliqué cent fois.

— Oui, mais aux gars dans ton genre, ça ne fait pas de mal de rafraîchir la mémoire. Tu la détestes. Pas moi. C'est pour ne pas se laisser mourir de désespoir qu'elle a inventé cette histoire de fille adoptive. Elle a fini par se convaincre qu'elle m'avait sauvée d'un incendie, lors d'un accident, et élevée. Elle nous a imaginé une vie commune, une légende. Ça l'a aidé à vivre. J'ai essayé de la raisonner mais elle n'écoutait pas, ça la rassurait de se cramponner à cette fable. Au début, j'ai joué le jeu parce qu'elle me faisait de la peine. Une grosse erreur. Mais c'est un peu la faute de ma culture ; chez nous, les Indiens, on a tendance à considérer que les fous sont sacrés, qu'ils entretiennent une relation privilégiée avec les dieux et qu'il ne faut pas les contrarier.

— Oui, mais tu as pris du recul, tu t'es éloignée d'elle…

— C'était trop tard. Le mal était fait. Elle n'a jamais voulu admettre la réalité. Laisse-la tranquille. Tes interventions lui font croire qu'il se passe des choses entre nous, tu sais bien que c'est faux… et que c'est impossible.

— J'essaie de te protéger. On ignore ce qu'elle peut faire au cours d'une crise. J'ai peur qu'elle te fasse du mal, par jalousie. Pour te punir de l'avoir abandonnée…

— Je n'ai pas besoin de ta protection. Elle ne me fera aucun mal. Et arrête de croire que tu as des droits sur moi, ou des obligations. Nous ne sommes pas du même sang, je suis une Watapha, et pas n'importe quelle squaw. Tu sais tout ça. Laisse tomber. Ça m'ennuierait de devoir me plaindre de toi auprès du Maître d'écurie.

Oui, Daryl sait qu'Ichika est considérée dans sa tribu (ou ce qu'il en reste !) comme une vierge sacrée, la seule qui sache encore parler au Cheval Noir et calmer sa colère. La seule qui puisse le dissuader de pousser la harde dont il est le mâle alpha à piétiner les humains jusqu'au dernier. Ce pouvoir, elle ne pourra le conserver qu'à condition de n'avoir aucune relation sexuelle.

Ce genre de salade archi-usée, Daryl n'en a rien à battre. Il y voit une combine inventée par le grand sachem pour se garder une petite mignonne au frais. Les gourous, on sait ce que ça vaut… Belles paroles et pine d'acier. Il l'a vérifié plus d'une fois.

Il enrage qu'Ichika soit victime de ce genre d'entourloupe, il souhaiterait lui ouvrir les yeux, mais rien à faire, elle est trop imbibée de légendes à dormir debout. S'il insiste, elle finira par le haïr. C'est à désespérer. Ici, tout le monde croit à ces bobards, même le Maître d'écurie, mais bon, lui, c'est pardonnable puisqu'il est né dans la forêt amazonienne.

— D'accord, capitule-t-il. On fera comme tu veux. Mais sois prudente avec ces histoires de chevaux tueurs, il y a déjà eu trop d'accidents.

— Moi, ils ne me feront rien, énonce calmement la jeune femme. Le Cheval Nocturne, je l'ai déjà rencontré, ça s'est très bien passé. C'est pour ça que le Maître d'écurie m'a engagée, parce que j'ai un pouvoir.

Daryl grince des dents. Une flamme de haine et de jalousie le dévore, l'espace d'une seconde. *Salope! Petite conne!* Comme s'il ne savait pas ce que ça fait de posséder un pouvoir… *et de le perdre.*

Il esquisse un geste las et tourne les talons avant de prononcer une parole irrémédiable.

Au domaine, à Pueblo Quito, tout le monde vénère Ichika. On voit en elle la grande protectrice, l'ultime rempart interdisant aux chevaux assassins de déferler sur le bourg et d'en détruire les baraques à coups de ruades. Cela se serait déjà produit, paraît-il, en 1900, quand la Cavalerie américaine razziait encore des milliers de destriers dans les grandes plaines. C'est alors qu'est apparu l'Étalon Nocturne, pour organiser la révolte et déclarer la guerre aux humains. Aux Blancs, plus particulièrement. Une sorte de bataille de Little Big Horn, version chevaline.

Daryl quitte l'écurie pour prendre le chemin du bungalow qu'il occupe à l'écart. Il a envie de se saouler jusqu'à perdre conscience. Ichika lui a ruiné le moral. Il n'aurait pas dû aller la voir. Pourquoi s'obstine-t-il à essayer de tisser un lien entre eux. Ça ne marchera jamais. Pour elle, il reste un oppresseur, un Visage Pâle. Elle a grandi dans une communauté aujourd'hui tombée sous la coupe de Walton Big-Mouth, un sachem condamné à trois reprises pour ivresse sur la voie publique, agression sur les forces de l'ordre et dégradation de bien appartenant à la communauté, en l'occurrence un dispensaire.

Daryl entre chez lui, se débarrasse de sa veste de treillis, de ses bottes, et s'affale dans son canapé avec une bouteille de *Southern Comfort*.

L'alcool aidant, il se laisse bercer par le souvenir des années qui ont suivi son « exfiltration » de la fac, quand il était encore potentiellement un super-héros. Il lui arrive souvent de ressasser, comme les retraités. Peut-être est-il en train de virer aussi taré que Maggie dans son camping-car ?

* *
*

Au début, il a eu le plus grand mal à se persuader que tout cela ne relevait pas d'un jeu de rôle. Il s'attendait à ce que, d'un moment à l'autre, la camionnette s'arrête et que Damian surgisse, hilare, en hurlant : « Tu y as cru, hein ? On t'a bien eu ! » Le vieux et son acolyte, les fameux recruteurs du Monde Parallèle, se fendraient d'un sourire, avouant qu'ils faisaient partie de la conspiration. Un complot en vue duquel toute la classe de psycho se serait cotisée, un canular comme certaines sociétés spécialisées en organisent sur un simple coup de fil et qui se termine généralement par un strip-tease général au son de *YMCA* par les *Village People*.

Mais il se trompait, le véhicule aux vitres opaques a poursuivi sa route en silence. Longtemps. Si longtemps que Daryl a fini par s'endormir… à moins que le café offert par Oswald n'ait été drogué ?

Aujourd'hui il penche pour cette hypothèse car il a repris conscience dans une cellule de béton nu, étendu sur un matelas dur comme une planche.

Tout de suite, il a dû apprendre à se couler dans une routine militaire. Car il n'a pas tardé à découvrir qu'il se trouvait dans ce qu'on surnomme, en jargon de bidasse, « un camp de dépucelage pour les bleus ». En fait, un centre de triage où l'on se débarrasse des recrues qui ne présentent pas les qualités mentales et physiques requises pour les missions de commando.

Toutefois, on le lui a jamais imposé de participer aux efforts physiques imposés à ses compagnons d'infortune : ramper dans la boue, sauter dans le vide d'une hauteur de cinq mètres, apprendre à supporter des aspersions de gaz lacrymogène dans les yeux, rester accroupi le plus longtemps possible dans une piscine remplie de blocs de glace, s'endurcir aux coups en prenant des raclées mémorables de la main des sergents instructeurs. Non, il a vu tout ça de son balcon, avec une certaine gêne. Les types et les filles qui subissaient sans moufter le supplice de la baignoire et qu'il fallait ranimer d'une piqûre d'adrénaline dans le thorax parce qu'ils étaient en train de crever…

Oui, il a vu tout ça, comme un spectateur assistant aux jeux du cirque sous Néron. Braves petits gladiateurs prêts à tout subir à l'ombre de la glorieuse bannière étoilée.

S'il avait pu, il aurait pris la poudre d'escampette, mais c'était inenvisageable, le camp étant sécurisé à l'extrême, un chef-d'œuvre de paranoïa.

— Ce sont ces gars et ces filles à qui vous devrez servir de guide, lui a expliqué Oswald, le chauve aux yeux gris. Vous serez la lunette de visée, ils seront le fusil. On les dresse à obéir, ils ne contesteront jamais vos décisions. Vous n'aurez qu'à dire « celui-là », ils se chargeront de la sale besogne. Vous n'aurez jamais de sang sur les mains, du moins physiquement. Mais c'est tout ce qui compte, pas vrai ? Les pacifistes ont beau dire ce qu'ils veulent, en définitive il y a toujours, quelque part, un mec qui appuie sur le bouton. Ils me font bien rigoler quand je les entends dire : « Il aurait fallu tuer Hitler lorsqu'il était gosse, il n'y aurait pas eu de Seconde Guerre mondiale ! » c'est pas appuyer sur le bouton, ça ? Allez, sans déconner, à un moment ou un autre, il faut qu'un type accepte de se salir les mains pour le bien de la multitude.

— Je serai ce type ?

— Oui, et ce sera tout à votre honneur.

Daryl brûle d'envie de demander s'il est le premier de son espèce ou s'il y en a d'autres aussi doués que lui.

Si on ne l'a pas forcé à sauter en parachute ou à crapahuter dans la vase, il a tout de même eu droit à ses petites séances de tortures personnelles quand les médecins lui sont tombés dessus. Officiellement, il s'agissait d'agrandir son champ de perception, de le rendre encore plus sensible aux odeurs, aux sons, de lui permettre d'acquérir une vision nocturne. Cela s'est traduit par des injections à répétition, des pilules, des électrochocs infligés par une Gestapo en blouse blanche.

Il y a eu des moments où il était tellement à vif que le bourdonnement d'une mouche lui flanquait la migraine, qu'un reflet au dos d'une cuiller lui transperçait le nerf optique comme une aiguille à tricoter. Ensuite sont venus les exercices pratiques. On l'a lâché dans une forêt, en pleine nuit, avec pour mission de dénicher le soldat rompu aux techniques de camouflage qui s'y cachait. Puis on lui a ordonné de désigner, parmi une foule de cent recrues, laquelle avait égorgé une chèvre, une heure plus tôt. Daryl a réussi, sans l'ombre d'une hésitation, sauf que l'odeur du sang imprégnant le treillis du gars avait une fragrance désagréablement humaine, mais cela, il s'est abstenu de le préciser.

Ce cirque a duré six bons mois, peut-être davantage, car tout était fait pour les amener à perdre la notion du temps.

Un soir, Oswald s'est pointé dans la cellule de Daryl pour lui demander s'il désirait avoir des nouvelles de sa grand-mère.

— Non, a répondu le jeune homme.

— C'est aussi bien, l'a informé le vieux, parce que vous n'en aurez plus, elle est morte la semaine dernière d'une embolie cérébrale. Nous nous sommes occupés de tout. La vente de sa maison a payé les frais d'enterrement.

Tout à trac, comme ça. Daryl est resté silencieux.

— T'en fais pas, mon gars, a conclu Oswald, c'est toujours mieux d'être un voyageur sans bagages. Dans notre boulot, mieux vaut se déplacer léger.

Paf!

Cette triste nouvelle a sonné la fin des entraînements. Daryl a dû faire connaissance avec « son » équipe. Trois mecs, deux filles. Des Blancs, uniquement, ça l'a un peu fait tiquer, et il a pris conscience qu'il n'avait jamais vu un seul Noir ou un seul Latino parmi les candidats sélectionnés.

Ça y est, a-t-il pensé, *tu fais partie de la dernière ligne de défense de la Légion blanche.*

Et, curieusement, ça l'a fait bien chier.

Il n'a jamais réussi à établir des liens avec « l'équipe ». Les agents qui lui ont été affectés l'ont toujours considéré avec cette méfiance polie que les soldats réservent aux officiers. On ne copine pas avec les gradés, règle de base. C'est valable dans les deux sens. Daryl ne s'en étonne pas vraiment, déjà, à la fac, il détestait les étudiants qui faisaient de la lèche aux profs, de même qu'il éprouvait un réel mépris pour les professeurs qui tentaient pathétiquement de jouer les bons copains ou les grands frères.

Très vite, on va lui attribuer un nom de code qui finira par occulter sa véritable identité. Ce sera *The Nose*, le Nez, en référence à son flair. Daryl feint de s'en amuser.

Il ronge son frein, impatient de passer à l'action et, paradoxalement, redoute le moment où il lui faudra désigner du doigt sa victime.

On lui a mille fois répété qu'il ne devait surtout pas réfléchir, analyser à la manière des comportementalistes qu'on tient ici en piètre estime.

— Vous devez faire le vide en vous, lui a expliqué un psychiatre dont il ignorera toujours le nom. Vous placer en état de vacance, voire penser à autre chose : ce que vous allez manger au déjeuner, le film que vous irez voir le soir, la fille que vous avez baisée la veille, etc. Laissez votre instinct animal faire le boulot à votre place. Au bout d'un moment, une évidence s'imposera, sans que vous sachiez d'où elle vient, et vous direz « C'est lui ! ». C'est la bonne méthode, celle qui marche à tous les coups. Si vous essayez de jouer les Sherlock Holmes, de repérer des attitudes, des détails anatomiques ou vestimentaires, c'est foutu.

Ce genre de truc ne fonctionne que dans les romans ou les séries télévisées. Pigé ?

Oui, pigé… mais sur le terrain, qu'est-ce que ça donnera ?

L'attente devient pesante. Les soldats ont l'habitude du stress : ils se saoulent, vont au bordel ou jouent aux cartes. Une sorte de zen qui anesthésie l'angoisse. Daryl n'en est pas capable, il est encore trop neuf dans la profession.

Enfin, l'ordre tombe. Au cours du briefing, Oswald leur explique qu'ils doivent se rendre au LAX, l'aéroport de Los Angeles. Une femme va débarquer d'un vol intérieur en provenance de New York, elle vient organiser une cellule terroriste dormante et la préparer à l'action. On ignore tout de son apparence physique, à part qu'elle est Blanche. Il est capital qu'elle disparaisse des écrans radars. L'info n'est pas encore remontée jusqu'aux services officiels, ce qui va permettre de leur damner le pion.

— De toute manière, ils saloperaient le boulot, ricane Oswald. Une fois qu'ils ont arrêté un terroriste, ils ne savent plus quoi en faire. Ils ont trop peur que la Ligue des Droits de l'Homme leur demande des comptes.

Le « stick » décolle à bord d'un hélicoptère. Daryl et ses anges gardiens. Le jeune homme a les mains moites, les soldats ne parlent pas. Pour la circonstance ils sont habillés en civil. Aucune arme, elles ne passeraient pas les contrôles. Du moins, aucune arme *visible*, mais des éléments dissociés qui peuvent s'emboîter en moins de cinq secondes et se transformer en poignard de combat, en menottes. Des bouteilles de soda, des vaporisateurs de parfum emplis de chloroforme, de substances hypnotiques ou paralysantes. Des bagues dont la pierre dissimule une aiguille empoisonnée au fugu, ce neurotoxique extrait d'un poisson. Un arsenal digne des films d'espionnage des années 60. Daryl n'en revient pas. C'est comme s'il découvrait que le Père Noël existe réellement.

Lui-même est déguisé en étudiant cool : T-shirt débile barré par la devise *Born to Sleep*, jean troué, lot de partitions pour guitare folk sous le bras. Les soldats, eux, ont panaché leurs déguisements : touriste lambda, jeune cadre en costume Armani, bimbo aux cheveux peroxydés, hippie attardé... Bien malin qui discernerait en eux une équipe soudée. Ne sont-ils pas les clones de dizaines d'autres voyageurs déambulant à cet instant dans le hall de l'aéroport. Qui s'attarderait à les remarquer ?

Daryl s'applique à se détendre. Pour détacher son esprit de l'instant présent, il entreprend de se repasser mentalement les séquences d'un film hyper pornographique qu'il a visionné le matin même à cet effet. Un truc vraiment crade comme il n'en avait jamais vu jusque-là. C'est Oswald qui le lui a refilé « pour se changer les idées avant de monter au front ».

Ils sont maintenant au milieu d'une foule poussant des chariots à bagages, des valises à roulettes, bousculés par les inévitables porteurs de sac à dos. Le

« stick » se déploie autour de Daryl selon la stratégie des cornes de buffle, chère aux Zoulous, de manière à pouvoir encercler rapidement la cible si le besoin s'en fait sentir. On annonce l'arrivée du vol indiqué par Oswald. L'équipe converge vers le terminal. Daryl pense fellation, cunnilingus, sodomie, orgies d'urine ou de matières fécales…

Les voyageurs surgissent, hommes, femmes, enfants, vieux, jeunes. Ils se pressent vers le tapis roulant des bagages. Daryl les regarde à peine. Il est persuadé que rien ne se passera, déjà la plupart s'éloignent, croulant sous le poids d'un sac trop lourd, *et puis soudain, un déclic…* ou plutôt un tiraillement, une démangeaison inexplicable.

— *Là,* souffle-t-il, la femme rousse en tailleur gris.

Voilà, c'est terminé, la démangeaison se calme. Le stick se déploie pour prendre la cible en filature. Le reste aura lieu à l'extérieur et ne le regarde pas, il a fait son job. Il s'octroie le luxe d'entrer à la cafétéria et de commander un *latte*. Il se sent soulagé, comme au sortir d'une grosse envie de pisser, pas plus pas moins.

Il ne posera aucune question au sujet de la femme au tailleur gris, on ne lui répondrait pas, et ce serait mal vu. Il est assez psychologue pour piger qu'il vient d'entrer dans un monde compartimenté. La santé mentale de chacun dépend de ces cloisons étanches. Si on oublie de les fermer hermétiquement, le navire fait eau de toutes parts et coule.

Il découvre que son boulot n'est pas très prenant. Officiellement, il est rétribué en tant qu'assistant temporaire par un quelconque institut spécialisé dans le suivi post-traumatique des vétérans. Oswald a choisi cette couverture parce que Daryl est capable de jargonner en langue « psy » pendant des heures, et donc de faire illusion si on essaye de le tâter sur ce terrain. De toute façon, les gens n'aiment pas se lier avec les psys : crainte d'être analysés, de devenir transparents, d'être dépouillés de leurs secrets… Ça tombe bien, cette méfiance fera bénéficier Daryl d'un écran protecteur relativement efficace.

Il bénéficie également d'un logement de fonction dans un condominium pour célibataires de Venice. Rien de luxueux, mais il s'en fout. Il sort beaucoup, s'initie au surf à Laguna Beach, entame une brève histoire avec une *talent scout* des studios qui le trouve « trop beau » et veut le faire engager sur une connerie de film d'horreur. La nana est accro, bien foutue comme beaucoup de Californiennes. Au lit, après le sexe, elle essaye de lui extorquer des consultations gratuites et lui déballe d'interminables histoires de père incestueux et de sœurs jalouses de son succès. Chez elle, au milieu du patio, trône l'un des premiers totems sculptés par Maggie ! À l'époque, Daryl est loin d'imaginer que cette artiste lui posera autant de problèmes. Sur le coup, il trouve le mât hideux, obscène et surtout hors de prix.

La vie s'écoule, tranquille au cœur de l'éternel été de L.A. et des déambulations sur le *sidewalk* à Venice beach. Bon, il lui arrive de s'emmerder. Les vacances éternelles, ça lasse. Heureusement, il y a les *convocations pour expertise psychologique*, comme a choisi de les surnommer Oswald. Toute affaire cessante, Daryl doit sauter dans un avion et se rendre à un point de rendez-vous. Là, il redevient le NOSE et, dans un lieu public, une soirée de gala, un meeting politique, doit désigner la prochaine victime. Le stick, toujours fidèle au poste, se charge du reste. Le boulot achevé, il reprend l'avion et retourne à L.A., au surf, à sa maîtresse qui voit en lui un « nouveau Johnny Depp ».

On le convoque ainsi trois ou quatre fois par an. Ce n'est pas énorme à bien y réfléchir. Il suppose donc qu'il n'est pas le seul NOSE du département. Sont-ils numérotés ? NOSE 001, 002… 007 ! Ce serait assez marrant. Les agents spéciaux sans armes, qui tuent du bout de l'index, à distance, en se contentant de désigner la victime du doigt ! Pas très cinématographique. Cela lui rappelle Granny Martha qui lui répétait d'un ton grondeur : « Un garçon bien élevé ne montre jamais les gens du doigt ! »

Elle doit s'en retourner dans sa tombe, la pauvre vieille… Ah ! non, c'est vrai qu'elle a été incinérée.

Ce train-train va durer quatre ans. Daryl s'y installe comme dans une baignoire d'eau tiède parfumée. Les remords ? Il ne connaît pas, il ne veut pas s'embarquer dans les éternels débats moraux qui rendent les super-héros de BD si chiants : « Ah ! Suis-je aussi méchant que mes ennemis ? Suis-je devenu dragon à force de combattre le dragon ? » *Bullshit!*

Il change de maîtresse, celle-ci est lectrice de scénarios aux studios MGM. À L.A. tout le monde bosse dans le cinéma, même les serveuses, surtout les serveuses…

La fille se nomme Laetitia. Elle possède également un totem signé Maggie dans son patio. Il est plus petit et lui a été offert par son précédent petit ami, un metteur en scène qui s'est dépêché de la plaquer dès que l'un de ses films a fait un triomphe au box-office.

Cet univers factice convient très bien à Daryl. On ment, on s'invente une vie, une carrière, des succès imaginaires, des propositions lucratives. Il est chez lui.

Bon, il picole un peu trop, c'est vrai, mais il résiste de toutes ses forces aux sirènes de la dope car il a peur que les drogues aient une influence négative sur son don.

Tout va basculer lors d'une nouvelle mission à Miami. Cette fois, Oswald a accompagné le stick car l'affaire est importante. Il s'agit de déterminer si un homme politique proche de la Maison Blanche vend des secrets aux Chinois. Daryl devra essayer de flairer les relents de culpabilité qui émanent de ce vendu car, c'est indéniable, les traîtres puent.

Daryl grimace, l'aventure lui paraît plus hasardeuse que d'habitude. Il ne s'agit plus de désigner un inconnu dans la foule, on lui demande de jouer par procuration les John Wilkes Booth, l'assassin d'Abraham Lincoln. S'il confirme les soupçons d'Oswald, un sniper installé sur le toit d'un building va-t-il faire sauter le crâne de la victime ?

Il ne le saura jamais.

Alors que le « stick » quitte l'hôtel où s'est tenu le briefing, il est encerclé par une unité du SWAT, armes braquées, sécurité enlevée. Un mégaphone leur ordonne de croiser les mains sur la nuque et de s'agenouiller. Daryl reste pétrifié. Oswald, lui, crache un juron et essaie de dégainer le Smith & Wesson .38 qu'il porte à la hanche. Il est aussitôt criblé de balles, le sang qui jaillit de son torse déchiqueté par les impacts asperge Daryl qui s'effondre, en proie à une crise nerveuse. On lui saute dessus pour le maîtriser. Le genou de l'un des flics lui écrase la joue droite, lui brisant l'os malaire. Il en conservera une asymétrie du visage que les filles trouveront follement sexy, et qu'il attribuera à un mauvais coup de pied fouetté lors d'un tournoi de karaté.

Il est incarcéré, mis au secret quatre jours durant. Affaire d'état. De chasseur de terroristes, il est devenu comploteur. Curieux renversement de situation auquel il ne comprend rien. Il attend calmement, se gardant de proclamer son innocence ou d'exiger un avocat. Il devine que la situation est grave et que ses geôliers ne se laisseront pas impressionner.

Le cinquième jour, on vient le chercher ; sous haute surveillance, il est conduit dans une salle d'interrogatoire où l'attend un enquêteur joufflu, boudiné dans un costume qui menace de céder aux coutures. Des dossiers sont empilés devant lui, il les feuillette de ses mains potelées.

— Asseyez-vous, commande-t-il. Nous vous avons laissé mariner le temps d'en apprendre un peu plus sur votre implication dans cette histoire de fou. Nous savons aujourd'hui que vous avez été recruté par un faux service officiel — sur des allégations fantaisistes qui frisent la démence — par un homme qui s'est présenté sous le nom d'Oswald, mais qui était en réalité un ex-agent mis en retraite anticipée pour raison de santé, à savoir tendances schizophréniques et paranoïa aiguë. Cet individu, arguant de son passé professionnel, avait su gagner à sa cause — je devrais dire *entraîner dans son délire* — des magnats de l'industrie jouissant de grosses fortunes et donc en mesure de financer la mise sur pied et le fonctionnement d'un service indépendant dont l'ambition était de mener une action secrète d'assainissement avec la prétendue bénédiction de notre Président, ce qui, je le précise, relève de la folie pure.

L'homme fait une pause, saisit un gobelet de carton et avale trois gorgées de liquide. Il a l'air fatigué, comme s'il débitait ce discours pour la dixième fois.

— Bref, soupire-t-il. Vous n'êtes accusé de rien, sinon de vous être laissé berner comme le dernier des imbéciles. Comme vos compagnons, vous avez tous été persuadés d'agir pour le bien de la nation, avec l'aval de la plus haute autorité. À titre personnel, je me demande comment quelqu'un qui a fait des études de psychologie a pu croire une seule seconde à cette histoire insensée d'instinct animal transposable à l'être humain ? Vous êtes un cas, mon pauvre ami.

— Mais j'ai passé des tests ! proteste Daryl dans un sursaut d'orgueil malvenu.

L'homme ricane.

— Et vous les avez tous ratés, pouffe-t-il, en brandissant un dossier. J'ai là vos résultats. Je les ai fait examiner par un spécialiste. De toute évidence, quand vous êtes tombé juste, c'était par hasard. Vous ne sortez pas de la moyenne statistique admise dans ce genre de choix. Le premier quidam venu aurait fait pareil… mais « Oswald » y a vu la confirmation de ses théories aberrantes. Il était très atteint, vous savez ? Il préconisait l'utilisation de voyants et de télépathes. À la mort de son épouse, il s'était tourné vers l'occultisme, ça lui a bousillé la cervelle. Avant, c'était un agent de terrain d'une remarquable efficacité. Comme quoi, rien ne dure, hein ?

— Mais… bredouille Daryl, alors… les gens que j'ai désignés…

L'homme cesse de sourire et baisse les yeux.

— Désolé, fait-il, vous n'avez pas accès à ces informations classifiées. Estimez-vous heureux de vous en sortir sans y laisser de plumes. Nous allons passer l'éponge pour éviter que cette histoire grotesque ne porte préjudice au gouvernement. Je vous déconseille d'en parler à un journaliste… Du reste, qui vous croirait ? Vous passeriez pour un complotiste, il y en a déjà tellement. Par ailleurs, si l'envie de bavarder vous poussait à passer outre, nous vous attaquerions pour diffamation. Nos avocats feraient valoir que vos propos trahissent un dérangement mental évident et exigeraient votre placement immédiat en hôpital spécialisé. Hôpital dont vous mettriez un certain nombre d'années à sortir. Compris?

Daryl hoche la tête. Malgré tout, il n'est pas convaincu. Il devine que le bonhomme souhaite enterrer ce malheureux épisode sans faire de vagues et qu'il appartient à la trop nombreuse secte des sceptiques professionnels, la légion irréductible des Saint-Thomas, celle pour qui tout ce qui s'écarte un tant soit peu de l'ordinaire n'existe pas. Inutile d'insister.

— Alors, je peux partir? s'enquiert-il.

— Oui, bâille l'homme. Vous êtes un civil, vous êtes majeur, aucune charge n'est retenue contre vous. Vos infortunés compagnons, en revanche, sont militaires et devront retourner à leurs affectations d'origine... après un petit séjour en bataillon disciplinaire, évidemment. Ah! encore une chose: votre salaire cessera de vous être versé. Estimez-vous heureux qu'on ne vous demande pas de rembourser les sommes perçues. Vous pouvez disposer... et soyez moins crédule à l'avenir. Les super-héros n'existent pas. Quant à vos études, je vous conseille de changer d'orientation. Choisissez quelque chose qui soit davantage dans vos cordes. Plombier, par exemple.

Daryl sort du bâtiment anonyme après avoir récupéré le contenu de ses poches au greffe. Il est sonné.

La vie vient de lui claquer la porte au nez. Il ne sera plus jamais le NOSE, il doit dès aujourd'hui apprendre à n'être personne.

Ne sachant que faire, il retourne à l'aéroport et prend un billet pour L.A. Il boit trop pendant le vol et l'hôtesse finit par refuser de le servir. À l'arrivée, un gars de la sécurité le pousse dans un taxi, direction Venice. Là, il absorbe des somnifères et sombre dans un semi-coma dont il émergera dix-huit heures plus tard, après avoir pissé dans son pantalon. Il est dégueulasse, il pue. Il se dégoûte et se traîne dans la cabine de douche à quatre pattes.

Ayant repris forme humaine, il regagne le living pour trouver, sur son téléphone, un message de la gérance : son employeur, qui réglait le loyer, est en cessation de paiements. Soit Daryl reprend le bail à son compte, soit il libère les lieux sous quarante-huit heures.

La tête dans un étau, il s'empare d'une calculette, de son ordinateur, et tente de faire le point sur ses finances. Au cours des quatre dernières années, il a dépensé sans compter, persuadé qu'Oswald couvrirait ses dettes en cas de problème. Un super-héros peut s'offrir des caprices, non ?

Au bout d'une dizaine d'additions, il devient évident qu'il ne peut reprendre le bail de cette suite qui, quoique assez quelconque, est au-dessus de ses moyens. Tout est cher à L.A.

Voilà, le rêve se termine.

Pendant deux mois, il sera hébergé par Laetitia, la fille qui bosse au comité de lecture de la Warner, puis leur relation se dégradera et elle le foutra dehors.

Les deux années qui suivent ne sont guère brillantes. Il sera tour à tour barman, nettoyeur de piscine, conseiller matrimonial (!), clown pour goûter d'anniversaire, employé dans un fast-food... Il vit misérablement, louant un studio minuscule dans un immeuble promis à la démolition et dont le manager collecte les loyers une batte de baseball coincée sous l'aisselle.

Alors qu'il commence sérieusement à songer au suicide, il est un soir abordé par un ancien du stick d'intervention. Un dénommé Jonas, le seul avec qui il avait vaguement sympathisé.

Jonas a quitté l'armée. C'est un grand rouquin baraqué, avec un nez cassé et une balafre au menton. Il affirme savoir de source sûre que rien n'était bidon mais que le gouvernement a préféré les désavouer par trouille du scandale.

— Je peux te confirmer que tu avais bel et bien des pouvoirs, martèle-t-il alors qu'ils sont tous deux attablés devant des pintes de bière brune dans un pub mal éclairé. Je ne prétendrai pas que tu étais fiable à 100 %, mais la plupart des cibles que tu nous as désignées étaient coupables. Ça s'est vérifié lors des interrogatoires au penthotal. Oswald avait vu juste. On était le fer de lance de la vraie justice, on aurait pu faire un sacré nettoyage. Mais le FBI et la CIA étaient jaloux, ils ont peur d'être taxés d'incompétence, de se voir couper les crédits, alors ils ont choisi de tout faire capoter. Le Président s'est dégonflé, au lieu d'avouer que nous étions son escadron noir, il s'est bouché les oreilles et nous a laissés tomber.

Jonas est un peu exalté, mais il prétend connaître une filière où « des gens comme eux » pourraient être appréciés à leur juste mesure. Au point où il en est, Daryl signerait avec le Diable. Du discours de Jonas, il n'a retenu qu'une chose : son pouvoir était réel... pas performant à 100 %, certes, mais réel. C'est tout ce qui compte.

— Je connais un mec, murmure Jonas. Il est en train de monter une milice privée. Il est embringué dans une histoire un peu particulière. Il pourrait avoir besoin d'un type dans ton genre, avec un pouvoir *animal*, tu vois ce que je veux dire... Histoire d'établir un contact avec certains bestiaux qui lui causent du souci. On le surnomme le Maître d'écurie. C'est quelque part dans le Sud. Un haras gigantesque, expérimental. Le vrai truc de dingues, mais ça paye bien. En deux ans, tu peux te sortir la tête de l'eau.

Jonas mourra bêtement dans un accident de jeep six mois plus tard ; il aura tout de même eu le temps de présenter Daryl au Maître d'écurie, Manito Calderon y Barcas.

LE MAÎTRE D'ÉCURIE

Manito Calderon y Barcas s'extirpe de son hamac. Il a beau posséder une chambre de milliardaire, il n'arrive pas à dormir dans un lit. Peut-être à cause d'une vieille peur enfouie, une terreur enfantine. Quand il était gosse, dans son bidonville, mieux valait ne pas roupiller sur une paillasse posée par terre si l'on ne voulait pas qu'une morsure de rat ou de serpent vous réveille en sursaut. Le hamac, c'était plus sûr. Il suffisait de badigeonner les poteaux où on l'accrochait avec du pétrole, de l'essence pour tenir la vermine à l'écart.

Manito a quarante-huit ans, il est né à Rio de Janeiro. Il ne s'appelle pas Calderon y Barcas, identité espagnole qu'il a achetée fort cher au Mexique quand son existence a pris le bon tournant. C'est un homme trapu et musclé, aux cheveux très noirs, qui commence à prendre de la brioche. Le surnom Mãozinha (*petite main,* dans l'argot de sa favela, signifie pickpocket) lui a été donné par ironie, parce qu'en réalité ses mains sont énormes… et effrayantes. Des paluches d'étrangleur professionnel qui pourraient sans peine tordre le cou à un cochon.

Avec le changement de nationalité, Mãozinha aurait dû devenir Manita, mais Manito sonnait plus viril, c'est cette version qui l'a emporté.

* *
*

Contrairement à ce que les bonnes âmes auraient tendance à croire, Manito conserve un bon souvenir de son enfance sur les moros, dans le labyrinthe des favelas. Cette imbrication de baraques accrochées comme une grappe de verrues à flanc de colline était un formidable terrain de jeux, de poursuites, d'intrigues, où il suffisait de pousser une tôle, un carton, pour entrer chez le voisin et le lorgner en train de besogner sa nièce vite fait pendant que sa bonne femme étendait le linge au soleil.

Manito n'a jamais connu sa mère, morte d'une fièvre puerpérale mal soignée par une guérisseuse à demi aveugle. Son père, Joao avait été *seringuero* dans les plantations d'hévéas. Des années durant, il avait recueilli la sève de caoutchouc en incisant les arbres puis, selon ses dires, un sorcier indigène lui avait jeté un mauvais sort, une malédiction qui l'empêchait de travailler et qu'il devait soigner en ingurgitant des litres de bière. Manito, lui, du haut de ses dix ans pensait que les noms scientifiques des malédictions affligeant son paternel étaient *paresse* et *ivrognerie*. Au vrai, il ne s'en plaignait pas. Quand le père était raide pinté il oubliait de cingler son fiston à coups de ceinture car la bière agissait comme un soporifique et le précipitait dans un semi-coma.

Joao était un homme maigre, déplaisant, affligé d'une énorme bedaine surprenante chez quelqu'un d'aussi décharné. Les femmes le fuyaient. On disait qu'il avait acheté la mère de Manito à une tribu indienne lorsqu'elle avait douze ans, au terme d'un troc comprenant trois bouteilles de *cacha*, ce redoutable alcool de canne, une machette neuve et quatre paires de sandales en caoutchouc. Les voisins estimaient qu'il s'était fait rouler car la gamine ne lui avait pas duré, et sa première grossesse, à treize ans, l'avait tuée. Ce qui s'appelle ne pas avoir de santé.

Joao ne possédait aucune photo de sa défunte épouse. Manito avait donc grandi dans la parenthèse de cette double absence : le père endormi et la mère morte. Il s'en était assez bien trouvé. Pour faire bouillir la marmite, il avait intégré une bande de jeunes voleurs dressés à dépouiller les touristes arpentant les belles avenues pavées de mosaïques et s'extasiant au spectacle d'une misère si pittoresque. Vol à l'arraché. Tout y passait : appareils photographiques, caméras, foulards, sacs à main. Cette provende était ensuite livrée au marché des voleurs où les Cariocas malins venaient s'approvisionner à moitié prix.

Manito conserve de cette époque le souvenir d'interminables cavalcades, de crises de rire, de réjouissantes batailles rangées contre les flics, d'exaltantes expéditions punitives contre les gangs des moros ennemis…

C'est après que les choses ont mal tourné, quand son père a décidé de le vendre à Domingo Cavaleiro, le catcheur sacré.

* *
*

Manito pénètre dans l'immense salle de bains carrelée en *azulejos* du sol au plafond. Il n'aime pas ce luxe ostentatoire, et pour prouver son mépris, pisse dans la baignoire. Le jet résonne comme sur la peau d'un tambour. Il a toujours pissé dru et loin. À presque cinquante ans, il est encore capable d'en remontrer à bien des jeunots. La prostate, connais pas!

Une sorte de curieux démon le pousse à profaner la somptueuse propriété dont il a hérité à la mort de Domingo Cavaleiro, le lutteur divin. C'est ainsi qu'il laisse les chiens — des rhodésiens à crête dorsale dressés pour la chasse au lion — déchiqueter les coussins du canapé du grand salon. Parfois, les soirs de déprime, il lui arrive de tirer au fusil sur les grands miroirs. Il s'est donné pour mission secrète de transformer peu à peu ce palais des Mille et une nuits en dépotoir, ce sera sa vengeance. Une vengeance post-mortem sur l'homme qui l'a rendu riche.

En guise de petit déjeuner, il avale rapidement deux tacos à la viande d'âne et vide une bouteille de *Dos Equis* que la servante a disposés sur un plateau d'argent dans la bibliothèque. *La bibliothèque!* Il y aurait beaucoup à en dire! Qu'est-ce qu'un catcheur illettré pouvait bien foutre d'une bibliothèque remplie d'éditions originales valant une fortune, je vous le demande un peu?

Les bouquins, Manito s'amuse à les utiliser comme combustible chaque fois qu'il allume un barbecue. C'est d'ailleurs con car ces saloperies brûlent mal et l'odeur de la colle de poisson empuantit la viande. Mais bon, il faut ce qu'il faut.

Manito s'habille rapidement. Une chemise hawaïenne, un bermuda, des tongs. Son visage est large et plat, ses yeux très bridés. Probablement tient-il de sa mère. Avant de gagner le rez-de-chaussée, il saisit la vieille machette de son paternel dont il ne se sépare jamais et qu'il aiguise régulièrement. C'est peu à peu devenu un prolongement de son corps, un membre supplémentaire. Il se sent nu sans elle. De temps à autre il s'en sert pour lacérer les tableaux de maître pendus au long des couloirs. Il aime bien voir la toile partir en lambeaux, et pendre dans le cadre. Il a tenté d'en brûler certains, il y a renoncé, ça pue trop. Manito est très sensible aux odeurs, il aurait pu faire un excellent parfumeur. Ou un pisteur de première. Il a dû être chien, chacal ou guépard dans une vie antérieure.

Il sort sur l'immense perron qui entoure la demeure et contemple les hangars, les écuries, toute cette foutue usine à crottin sur laquelle il règne, dauphin d'un catcheur analphabète que ses trafics ont rendu riche.

Il tressaille quand il entend les chevaux hennir. Ils deviennent de plus en plus nerveux au fur et à mesure que l'Étalon Noir se rapproche. Ils flairent son odeur et sa haine. Sa rage destructrice les endoctrine, faisant croître leur hostilité envers les humains. Ichika lui a expliqué cela. Manito la croit. Son ascendance indienne le rend perméable à des choses qui font hausser les épaules aux *gringos*. Manito sait qu'une catastrophe se prépare. L'étalon noir veut leur peau depuis trop longtemps. C'est du reste pour cette raison que Manito a engagé Ichika et Daryl, tous deux nantis de pouvoirs singuliers. Ichika, la vierge sacrée, est la seule capable d'établir un contact avec le destrier nocturne, elle sera sa diplomate, sa diseuse de paix. Peut-être sera-t-elle en mesure d'obtenir une trêve car sa parole est apaisante et calme les montures les plus rétives.

Daryl, lui, est son espion, son guetteur. Il sent les choses. Manito espère qu'il saura localiser l'endroit où se cache le troupeau insaisissable des chevaux sauvages. Quand ce sera fait, Manito s'envolera à bord d'un hélicoptère de combat et se fera une joie de dégommer les canassons jusqu'au dernier.

Tout est déjà prêt. L'appareil, un Mu-28 russe destructeur de chars, équipé d'un canon automatique Shipunov de 30 mm, n'a plus qu'à décoller, ses soutes bourrées à craquer de munitions et de missiles. Les légendes ne peuvent rien contre les balles à l'uranium appauvri conçues pour transpercer le blindage d'un tank. Sacré festin en perspective pour les vautours.

Manito réfrène son excitation. Rien n'est joué. Le Cheval Noir est malin, il rôde autour du haras. Une nuit, il a même osé décocher des ruades contre le grand portail d'acier forgé, le défonçant à demi. C'est un combattant féroce qui veut libérer ses congénères prisonniers des stalles et du laboratoire où…

Surtout ne pas penser à ça, ce démon est peut-être capable de lire dans les pensées des humains. Ichika l'a supplié de ne jamais utiliser de termes injurieux quand il parle des chevaux car les animaux sont capables de sentir la haine dans la musique des mots, même s'ils ne les comprennent pas.

Manito ne peut pas se permettre de voir ses montures prendre la poudre d'escampette, si cela arrivait, sa vie ne vaudrait pas cher, tout Maître d'écurie qu'il soit. Quelqu'un d'autre hériterait du domaine, un inconnu nommé par le *Consortium.* Un héritier sorti du néant, comme ce fut le cas pour lui.

Il s'empare des jumelles posées sur une table de jardin et entreprend de sonder les alentours à 180°. C'est idiot car personne n'a jamais pu découvrir où le Cheval Noir cachait le troupeau sur lequel il règne en mâle absolu. Probablement une caverne non répertoriée par les géologues. Une grotte où coule un ruisseau permettant aux animaux de s'abreuver. Ichika prétend que les Wataphas n'en savent rien, mais Manito n'est pas sûr de la croire. Toutefois, il évite d'insister car, s'il la brusquait, elle se fermerait comme une huître. Or, il ne peut se permettre de froisser les Wataphas, il a assez de soucis comme ça. Les Indiens ont peur du Cheval Noir mais ne désirent nullement sa destruction. Ils veulent croire qu'un traité de paix est possible… Leurs mésaventures avec les *gringos* ne leur ont donc rien appris ? Un traité de paix, c'est juste une astuce pour gagner du temps, pour fourbir ses armes et positionner ses troupes, c'est tout.

Il plisse le nez, incommodé par les relents de crottin. Il n'a jamais aimé les chevaux, animaux inconnus en Amérique latine jusqu'à l'arrivée des conquistadors, envahisseurs maudits, avides d'or et d'épuration ethnique, galvanisés par une troupe de moines fanatiques qui se sont empressés de détruire les trésors des civilisations autochtones, notamment les inestimables codex... Manito déteste ces colporteurs de légendes sanglantes ayant pour unique but d'assimiler les croyances locales à des rites diaboliques. Propagandistes qui ne reculent devant aucun mensonge, aucune exagération.

Il respire à fond, essayant de recouvrer son calme. Il se rappelle que Domingo Cavaleiro, le catcheur sacré, vénérait la statue équestre de Cortès qui se dressait en face de l'orphelinat où il avait été élevé à coups de trique par les bons pères de l'église coloniale. Cortès, un aventurier sans scrupule, un exterminateur, aujourd'hui considéré comme un saint !

Un nouveau hennissement le ramène à la réalité. Les chevaux, complices des conquistadors ! Les chevaux qui facilitèrent leurs exactions et piétinèrent les guerriers indigènes, terrifiés par ces animaux monstrueux dont ils ignoraient l'existence...

Quand on lui a appris qu'il héritait du haras de Domingo, Manito s'est secrètement réjoui à la perspective d'y foutre le feu et de laisser les canassons rôtir au fond des écuries. Il a dû renoncer à cette idée quand on lui a révélé quelle serait sa fonction au sein de cette vénérable institution. Car le haras appartient en vérité au *Consortium* qui rassemble plusieurs cartels de la drogue. Le haras leur sert de plaque tournante, de lieu d'approvisionnement. Les Maîtres d'écurie qui s'y succèdent depuis des décennies ne sont que des prête-noms, des héritiers fictifs. Lors de sa prise de fonction, on lui a fait signer un testament où le nom de son futur héritier avait été laissé en blanc. Un jour, lorsqu'on décidera qu'il n'est plus à la hauteur, quelqu'un remplira ce blanc, puis on dépêchera une équipe qui se chargera de donner à l'exécution de Manito l'apparence accidentelle qui convient.

Il fait chaud, Manito prend conscience qu'il crève de soif. Abandonnant les jumelles, il rentre se mettre à l'ombre et ordonne à Maria, la servante, de lui apporter trois canettes de *Dos Equis*. Afin de bien commencer la journée, il allume un grand *Cohiba Siglo III*. Un vrai cigare de qualité.

* *
*

Manito a onze ans. Il revient du marché aux voleurs. La journée a été mauvaise, il a failli se faire choper par le touriste à qui il a arraché cet appareil photo à mille dollars. Le mec courait diablement vite. Pourtant, à le voir, il ne semblait guère sportif. Au risque de se faire écrabouiller, Manito a traversé l'avenue, se faufilant entre les voitures lancées à pleine vitesse. Au volant, les Cariocas sont de vrais kamikazes, il aurait pu finir en bouillie. Le *gringo*, lui, a hésité. C'est ça quand on a trop à perdre, on devient peureux. Au marché, le receleur — flairant la pauvreté de Manito — l'a grugé grave. Donc, il rentre chez lui mécontent. Là, surprise ! Il trouve son paternel éveillé, en discussion avec un *senhor* en costume tropical blanc, au sourire de bon grand-père, et qui n'a pas touché à la bière offerte par Joao.

La cabane pue encore plus que d'ordinaire, mais le vieux bonhomme ne semble pas le remarquer. Manito a honte des pieds crasseux de son paternel dont il flaire l'odeur à trois mètres.

Le plus inquiétant, c'est que Joao n'est pas ivre… et qu'il sourit, lui aussi.

— Manito, dit-il d'une voix fausse qui empeste l'entourloupe. Je te présente *o illustrissimo senhor* Da Cunha-Valdez, qui vient nous faire une proposition inespérée.

Manito tique. Au Brésil, plus personne n'utilise ces anciennes formules de politesse depuis des lustres. Si Joao se met en frais, c'est que le bonhomme est vraiment une pointure.

— Voilà, reprend le père après s'être passé la langue sur les lèvres, signe qu'il est en manque de bibine. Ce monsieur cherche des apprentis dont le rôle consisterait à assister les sportifs. Il… il te propose de servir le grand Cavaleiro Domingo, le catcheur sacré.

— Tu en as entendu parler, mon petit, n'est-ce pas ? dit alors le *senhor* d'un ton onctueux de confesseur.

« Évidemment, pauvre cloche ! » manque de lui répondre Manito. Cavaleiro Domingo, le lutteur qui reverse la moitié de ses gains à l'Église et finance la restauration des chapelles endommagées par les tremblements de terre… Qui ne connaît pas ses exploits ? Cavaleiro Domingo, en raccourci : *Le Cavalier (ou le chevalier, au choix) du Dimanche…* Dimanche, jour de la Grand-messe, bien sûr.

Souvent, sur les affiches annonçant ses prochaines rencontres, son nom est suivi de la mention : *O Cavaleiro do Sétimo Dia.* Car la Grand-messe se tient le septième jour de la semaine. *Le Cavalier du Septième Jour.* Le sous-entendu apocalyptique n'échappe à personne. Le bras armé de dieu, la colère du Seigneur et tout le tralala. En Amérique latine les curés ont toujours aimé jouer aux guerriers foudroyant les mécréants, qu'ils soient Mayas, Aztèques… ou communistes.

À n'en pas douter, ils ont fait de Domingo leur créature. Manito sent son estomac se nouer. Il recule d'un pas.

— Tu ne dois pas avoir peur, mon enfant, plaide le *senhor*. Ce sera l'occasion pour toi de gagner honnêtement ta vie et d'échapper au cercle infernal de la délinquance où tu te complais actuellement. D'ailleurs, ton père a donné son accord.

À cet instant, Manito remarque, sur la table, l'enveloppe bourrée de dollars américains, et il comprend que son paternel l'a tout bonnement vendu. Sa première réaction est de saisir l'une des bouteilles par le goulot, d'en briser le cul contre le montant de la porte et de s'avancer vers Joao pour lui trancher la gorge. Mais le vieux s'interpose. Une fois debout, il est foutrement grand et fort pour un curé en civil. Sa main se noue autour du poignet de Manito et lui fait lâcher le tesson.

— Viens, ordonne-t-il. Si tu aimes te battre, Domingo t'apprendra comment t'y prendre.

C'est cette promesse, et seulement elle, qui détourne Manito de l'envie d'égorger son père.

* *
*

Après un court séjour à la mission évangélique de *la avenida Cortès* — durant lequel il pourra contempler de sa fenêtre la fameuse statue équestre qui a tant fasciné le Cavaleiro — il est conduit en carriole hors de la ville jusqu'à un terrain en friche où stationne une grande roulotte de forain destinée à être tirée par quatre chevaux noirs. Les flancs du wagon sont ornés de peintures naïves représentant le catcheur masqué coiffé d'une auréole de saint, des ailes d'anges accrochées aux omoplates, en train d'étrangler un diable rouge vif à face de bouc. Le tableau frise le grotesque mais doit impressionner les paysans et les coupeurs de canne à sucre. Là, Manito est débarqué et confié à un vieillard squelettique, dont les dernières dents sont noircies par le bétel. C'est Pepe Gato, le soigneur du Cavaleiro. Il lui reste trois cheveux sur le crâne et son œil gauche est voilé par une vilaine taie blanchâtre.

— Comme je vais bientôt mourir, explique-t-il d'emblée à l'adolescent, je vais t'apprendre les rudiments du métier de soigneur : le massage, les sutures, comment on réduit une fracture ou on remet une articulation luxée en place. C'est la base du boulot. Domingo est maniaque et il manque de patience. Faudra que tu sois rapide et que tu comprennes à demimot, car il n'est pas bavard. Il y a aussi le problème des masques. Tu devras les recoudre, les repeindre et en tailler de nouveaux s'ils sont déchirés. Espérons que je vivrai assez longtemps pour t'apprendre tout ça, sinon tu devras te débrouiller. Le Cavaleiro n'est pas facile, il s'emporte souvent pour des riens. Et il a ses manies. Quand ça se produira, courbe l'échine et laisse passer l'orage. En compensation, tu seras bien payé.

Manito découvre qu'il doit partager la tente de Pepe, à l'écart, et dormir sur un lit de camp bancal. La grande roulotte est le fief de Domingo qui, entre deux combats, y reste enfermé pour prier et se flageller. Il ne faut à aucun prix le déranger.

Pepe Gato se révèle un compagnon agréable, prodigue en anecdotes amusantes. Il a sillonné le pays en tous sens, a même vécu en Amazonie avec les Indiens. Il a également vendu des momies incas en contrebande à des archéologues *yankee*.

Un jour, il fait livrer un cochon mort et, tout en dépeçant le cadavre de l'animal, enseigne à Manito tout ce qu'il sait sur l'anatomie.

— Un homme ou un cochon, c'est pareil, répète-t-il. D'ailleurs toutes les femmes te le confirmeront.

Une fois par semaine, il emmène Manito au bordel ambulant de Clarita Piccato, la mère maquerelle qui, autrefois, tenait le rôle de la femme à barbe dans un cirque uruguayen.

— Maintenant elle se rase tous les matins, explique Pepe, mais je l'aimais mieux avec son bouc. Aujourd'hui, elle me fait moins bander.

— Le Cavaleiro ne vient pas ? s'étonne l'adolescent.

— Non, grogne le vieux. Il réserve son énergie pour les combats. Il veut être en état de pureté absolue lorsqu'il monte sur le ring. Trop se servir de sa queue, ça ramollit les muscles, souviens-t'en ! Si on veut devenir un grand sportif, mieux vaux commencer par se faire moine.

Peu à peu s'installe dans l'esprit de Manito l'image d'un prêtre catcheur, soldat de dieu au visage masqué.

Au bout d'un mois, il a grosso modo assimilé les techniques de base du soigneur. Ce dernier décide alors de le familiariser avec les différentes figures de la lutte, et les blessures qu'elles occasionnent.

— Ça semble facile, fait bêtement observer Manito.

— Ne dis donc pas de conneries, gronde Pepe. C'est difficile et dangereux, surtout pour des hommes d'un tel gabarit. Quand un type de 150 kg te tombe dessus, ta cage thoracique peut éclater.

— Je croyais que le catch c'était du chiqué, de la frime… plaide l'adolescent.

— Chez les gringos, oui, mais pas chez nous. Chez nous, c'est pour de vrai. Le combat de l'ange contre le démon. Il y a parfois des morts. C'est chaque fois le jugement de dieu. L'ordalie, on appelle ça.

Manito se garde de rigoler. Il n'arrive pas à déterminer si le soigneur se paye sa tête.

L'un dans l'autre, il est assez content de son sort. Son seul vrai problème, c'est de partager la tente de Pepe qui, toute la nuit, pète à n'en plus finir, répandant une puanteur atroce dans l'abri. Si atroce que Manito en vient à redouter de périr asphyxié.

— C'est parce que je pourris de l'intérieur, a marmonné le vieux. Mais t'inquiète pas, y'en a plus pour longtemps.

Effectivement, un matin Pepe Gato ne se réveille pas. Il est froid et ses entrailles ont commencé à se vider. Une horreur. Manito s'enfuit. Ne sachant que faire, il se résout à frapper à la porte de la roulotte peinturlurée.

— *Senhor*, gémit-il, *illustrissimo senhor,* Pepe est mort.

— Alors enterre-le, gronde une voix caverneuse, et cesse de troubler ma prière... Et occupe-toi des chevaux, panse-les. J'ai un match dans deux jours. Tu sais conduire un chariot au moins ?

Oui, Manito sait. Pepe Gato lui a appris. Il s'est également familiarisé avec les quatre chevaux noirs, impressionnants et méchants, qui ont essayé de le mordre alors qu'il leur offrait des pommes.

Enfin, pour la première fois, Domingo daigne sortir de sa foutue tanière. C'est un géant, presque aussi large que haut. Une brute énorme enveloppée dans un peignoir de soie rouge — curieusement féminin — les traits dissimulés par une cagoule blanche, anonyme. C'est dans cette tenue qu'il prononce l'oraison funèbre de son fidèle soigneur, avant de s'en retourner dans sa roulotte pendant que Manito rebouche la fosse.

Deux jours plus tard, ils prennent la route. Après un voyage de quatre heures, ils entrent dans une ville dont Manito n'a jamais entendu parler. Une foule immense encombre les rues, les acclamant. Beaucoup de gens du peuple, mais aussi des bourgeois, des officiels en grande tenue… et bien sûr des curés. Le brouhaha est insupportable et commence à effrayer les chevaux qui, encore une fois, essaient de mordre les gosses qui ont commis l'erreur de vouloir les caresser. Mis à part pour le Carnaval de Rio, Manito n'a jamais vu autant de péquins pressés les uns contre les autres. Avec une certaine nostalgie il se dit que ce serait le moment rêvé de leur faire les poches. Ces crétins ne sentiraient rien.

Le ring a été dressé face au parvis de l'église, au milieu de la grand-place. Des gradins l'encerclent. Ceux qui désirent s'y asseoir ont dû acheter fort cher leur ticket. Ceux qui habitent à proximité ont loué leurs fenêtres, et même les toits de leurs maisons pour que les plus pauvres puissent suivre l'affrontement. De véritables grappes humaines s'y accrochent depuis la veille avec leurs paniers de nourritures et leurs bouteilles de *cacha*. Ils sont si nombreux que Manito s'étonne que les poutres mangées aux termites puissent supporter leur poids.

Soudain, un géant costumé en démon saute sur le ring. Son masque est hideux, affublé d'une sorte de bec qui, pour Manito, évoque un pénis turgescent. Mais peut-être est-ce voulu ?

Le bonhomme gesticule, esquisse des mouvements obscènes du bassin. Un prêtre l'asperge d'eau bénite, et le catcheur feint de pousser des cris de douleur. Manito se fait la réflexion que le type est sacrément costaud. Un mastard de la classe de Domingo.

Enfin, le Cavaleiro daigne émerger de la roulotte. Il porte une cagoule en forme de tête de cheval, assez bizarre, qui lui donne l'aspect d'un centaure inversé. Comment y voit-il avec ce truc sur la figure ? Aussitôt, le grand portail de l'église s'ouvre et une troupe d'enfants de chœur s'avance sur le parvis en chantant un cantique. La foule fait silence et baisse la tête. Certains s'agenouillent. Domingo fait de même. Une sorte de curé en chef (un évêque, un archevêque ?) se précipite pour le faire communier et le bénir. Puis, levant les bras au ciel, il clame : « Soldat du Tout-Puissant, fait ton œuvre ! »

Le combat commence. Manito n'a jamais été fan de catch, probablement parce que son père l'était. Les figures s'enchaînent, classiques, ponctuées par les grognements « démoniaques » de l'adversaire du Cavaleiro. Une espèce de ballet dont les « petits rats » pèseraient chacun 120 kg. Une chorégraphie qui hésite entre le grotesque et le sublime tant elle est fluide et chronométrée. La foule scande chaque prise par des acclamations ou des protestations. Personne n'oserait remettre en question la véracité du combat.

Des injures fusent, qui font froncer les sourcils aux prêtres.

Manito commence à s'ennuyer.

Le démon se met à saigner à la suite d'une manchette en pleine figure. Il titube. Le curé qui tient lieu d'arbitre n'intervient pas. Afin de créer un effet de suspense, Domingo feint à deux ou trois reprises de chanceler à la suite d'un coup en traître (évidemment !). Le démon l'attaque par-derrière, ou le frappe en dessous de la ceinture, ce qui provoque un concert de huées. Le prêtre-arbitre intervient, aspergeant le démon d'eau bénite. Le diable se convulse et cherche refuge à l'autre bout du ring. Puis l'affrontement reprend. Il fait chaud, le soleil tape, Manito crève de soif. Il n'ose s'abreuver à la bouteille du Cavaleiro, on crierait au blasphème, on le lyncherait.

Comme il fallait s'y attendre, le combat se termine par la victoire de Domingo. Le démon, lui, est évacué sur une civière. Évanouissement feint ou réel ? Certains coups n'ont pas été amortis, Manito a pu s'en rendre compte. Sur la fin, le Cavaleiro tapait dur. Son succès donne lieu à une explosion de joie populaire. Un feu d'artifice est tiré, un orchestre joue l'hymne national. Les prêtres bénissent à tout va, frôlant la panne sèche d'eau bénite.

Domingo ne s'attarde pas, enveloppé dans son peignoir, il s'engouffre dans la roulotte. Manito fouette la croupe des chevaux. Se dégager de la foule en liesse n'est pas une mince affaire. Des gosses s'obstinent à les poursuivre, les chiens aboient, essaient de mordre les jarrets des chevaux. Un corniaud imprudent roule sous les sabots et se fait piétiner.

Manito pousse un soupir de soulagement une fois la roulotte lancée au milieu des champs de canne à sucre. Ses poursuivants ont renoncé. La nuit s'installe, on n'y voit presque plus. Ils regagnent le campement, mettant en fuite deux coyotes qui, profitant de leur absence, tentaient de déterrer le cadavre de Pepe Gato.

Une fois l'attelage détaché, Manito s'aperçoit qu'il a les nerfs en pelote. S'emparant d'une pelle, il entreprend de reboucher la tombe de Pepe. C'est alors que Domingo émerge de la roulotte, complètement nu, le corps luisant de sueur. Il tient un fouet à la main. Croyant qu'il s'apprête à le battre, Manito affermit sa prise sur le manche de la pelle. Qu'il essaye, pour voir, tout catcheur sacré qu'il soit ! Mais le Cavaleiro s'agenouille et tend le fouet à l'adolescent.

— Frappe-moi ! ordonne-t-il. Frappe-moi de toutes tes forces.

— Pourquoi ? s'étonne Manito.

— Parce que j'ai éprouvé de l'orgueil à être vainqueur, parce que j'ai éprouvé de la jouissance à frapper mon adversaire, parce que je suis mauvais et que j'ai péché.

— Pas de problème, ricane Manito.

Et il obéit, cinglant à coups redoublés. Il ne s'arrêtera que lorsque le Cavaleiro, couvert de sang, roulera sur le sol, inconscient. Y'a pas de mal à se faire plaisir, comme disent les bonnes gens.

* *
*

Durant les sept années suivantes, Manito va apprendre à supporter cette routine qui ne varie pas d'un iota. Aux commandes de la roulotte, il sillonne le pays jusque dans ses recoins les plus improbables. Les matches s'enchaînent, les acclamations, les honneurs. De temps à autre, il s'étonne que ces rencontres sportives puissent rendre Domingo si riche, et lui permettre de jouer les mécènes auprès des congrégations religieuses dans le besoin. On lui répond que si les exhibitions ne rapportent pas grand-chose, il en va autrement des droits d'exploitation, car le personnage du Cavalier du Septième Jour est devenu le héros d'une série télévisée à succès, ainsi que de diverses BD. Il figure également sur les étiquettes d'une certaine marque de bière et de divers produits vendus dans les grandes surfaces : biscuits, tablettes de chocolat, confitures. On peut même le voir sur les paquets de cigarettes ! Tout cela rapporte des fortunes. Le Cavaleiro, qui ne quitte guère sa roulotte et vit dans une quasi-pauvreté, possède en fait un immense domaine aux USA, à la frontière du Mexique, un haras où on élève des chevaux qui font l'envie du monde entier.

Manito reste dubitatif, mais admet que c'est possible car Domingo est une personnalité complexe, tourmentée par l'idée de péché et qui, lorsqu'il ne combat pas, s'impose le port de cilices qui lui déchirent les chairs.

Mais le temps passe, et le catcheur commence à se faire vieux. Une mauvaise blessure au genou gauche réduit désormais sa mobilité. Manito est convoqué à Rio par le *Consortium*, c'est-à-dire les avocats qui gèrent le patrimoine du Cavaleiro. Sans détours superflus, ceux-ci lui demandent de truquer les rencontres car les maladresses du Soldat de Dieu sont de plus en plus visibles, et sa crédibilité s'effrite.

Manito a vingt ans quand il découvre brusquement un autre aspect de son « métier ». À l'occasion d'un accident, la roulotte fausse un essieu. Alors qu'il se glisse sous le châssis dans l'espoir de réparer, le jeune homme repère une poudre blanche qui s'écoule par une fissure entre deux planches. Il la goûte. C'est de l'héroïne. Le wagon, sur toute sa longueur, cache un double fond où s'entasse une énorme cargaison de drogue raffinée, pure à 98 %. Une véritable fortune.

— Vous le saviez ? demande-t-il à Domingo.

Le catcheur fatigué baisse les yeux.

— Oui, avoue-t-il. C'est pour ça qu'on sillonnait le pays en tous sens. On assurait le transport et la livraison. J'ai accepté à condition qu'une partie des bénéfices soit reversée au clergé. Cela a contribué à racheter mes péchés. Personne ne s'est jamais douté de la combine. On a transporté des tonnes de drogue à la barbe de la police qui, souvent, nous ouvrait la route et nous escortait. J'étais intouchable.

— Et les curés, ils étaient au courant ?

— Certains oui, je pense. Pas tous. Mais c'était pour le bien de l'Église, la reconstruction des chapelles et la lutte contre le communisme.

— Et le haras aux USA, c'est quoi ?

— Un élevage de chevaux qui dissimule en réalité une raffinerie, un laboratoire. C'est là que je vais bientôt prendre ma retraite. Je dirigerai l'exploitation.

— Et moi ?

— Toi ? Je ne sais pas. Je suppose que tu continueras à t'occuper de mon remplaçant. Avec la cagoule personne ne s'apercevra qu'on a changé de catcheur. Ne t'en fais pas, tu ne seras pas renvoyé.

Hélas, le Cavaleiro se trompe. Les choses ne prendront pas cette tournure. Alors que Manito ramène la roulotte à Rio pour réparation, Domingo est convoqué par le *Consortium*. Convocation dont il ne reviendra pas. Deux jours plus tard, c'est Manito qui reçoit la même convocation. Pour s'assurer qu'il ne fasse pas faux bond, deux malabars viennent le chercher. Dans un immense bureau donnant sur le « pain de sucre », les avocats lui révèlent qu'il vient d'hériter de tous les biens du Cavaleiro. C'est lui qu'on nomme à la direction du haras. À dater de ce jour, il est promu Maître d'écurie.

DARYL

Daryl déteste le cimetière des chevaux morts, cette gigantesque fosse au fond de laquelle un bulldozer pousse les cadavres des animaux ayant succombé aux expérimentations du Prof'. Les bêtes s'entassent, attirant un brouillard de mouches. Toutes présentent la même longue incision sur l'abdomen. Les ouvriers, masqués, gantés, s'empressent de recouvrir les cadavres de chaux vive à grandes pelletées. Puis le bulldozer rebouche le tombeau qui vient s'ajouter à ceux qui, déjà, parsèment les 200 hectares du domaine.

Quand il a débarqué au haras, il y a plusieurs années, Daryl a été convoqué par Manito qui lui a exposé sans détour le fonctionnement réel de l'entreprise.

— Je préfère t'expliquer franchement ce que, de toute manière, tu découvriras en fouinant, a-t-il déclaré en tirant sur son *Bolivar Beliscosos finos*. Le haras ne m'appartient pas, il est la propriété du *Consortium*. Je n'en suis que le gérant, l'homme de paille, si tu préfères. Il jouit d'une réputation mondiale dans la sphère équestre parce que ses créateurs ont acheté à coups de millions de dollars les plus grands cracks des courses hippiques pour en faire des reproducteurs dont les saillies sont facturées une fortune. Nous sommes également connus pour produire une race de pur-sang à partir de croisements sélectionnés Ça, c'est la partie émergée de l'iceberg, notre couverture officielle. Elle est solide car les plus grands propriétaires se fournissent chez nous. En réalité, c'est du pipeau. Nous constituons une plaque tournante de la drogue. Nous raffinons dans nos labos souterrains un produit pur à 98 %.

Daryl n'a pas bronché ; cela, il le savait déjà. Les installations de raffinage sont remarquablement bien dissimulées, et les odeurs qui pourraient s'en échapper masquées par les exhalaisons des tonnes de fumier entreposées à proximité. Le personnel vit sous terre, dans des bunkers dont il n'est libéré qu'au bout de six mois. Bien payé, il sait qu'il doit tenir sa langue s'il ne veut pas que toute sa famille finisse débitée à la tronçonneuse et entassée en vrac dans une baignoire, selon la méthode des Cartels aujourd'hui éprouvée.

— Le vrai problème, a repris Manito, c'est de faire voyager le produit fini à travers le monde sans éveiller les soupçons des services de police. C'est là qu'intervient le Prof'. À partir de la pâte obtenue, il pétrit et façonne de faux fœtus de poulain, qu'il insère dans un placenta synthétique, avant de les greffer dans le ventre des juments. Ces femelles apparemment pleines sont ensuite livrées avec le plus grand soin à des acheteurs fictifs partout dans le monde. Des éleveurs connus que nous tenons fermement en laisse. Chaque pouliche transporte dans sa panse plusieurs millions de dollars de drogue pure et, comme chaque animal vaut officiellement une fortune, il est évident qu'on ne va pas lui renifler la croupe de trop près. L'astuce permet d'exiger qu'on écarte les foutus chiens de la DEA dont la présence pourrait effrayer la jument et provoquer une fausse couche. Il est bien connu que les chiens et les chevaux font rarement bon ménage. Les douaniers, ne tenant pas à se retrouver avec un procès sur le dos, ne se montrent pas trop curieux. Les tentatives de radiographie, elles, ne révèlent rien d'anormal puisqu'elles renvoient l'image d'un fœtus tout ce qu'il y a de banal. De toute manière, il est facile de s'y opposer car les rayons X sont prohibés en raison de leur effet tératogène sur les animaux en gestation. Quant à l'échographie, ce serait trop compliqué sur une jument gravide qu'on ne peut anesthésier en raison, encore une fois, des effets nocifs des hypnotiques sur le fœtus. La méthode est donc parfaitement au point.

— Et que deviennent les bêtes une fois livrées ? a demandé Daryl.

Manito a haussé les épaules.

— Je n'en sais rien, je suppose qu'elles ne survivent pas à l'éventration et qu'on les enterre. Qu'est-ce qu'on en a à foutre, hein ? Je te le demande. Tu es membre de la Société Protectrice des Animaux ?

* *
*

Daryl s'éloigne de la fosse car le bulldozer vient de se mettre en mouvement, chassant avec sa lame une tonne de terre noire grouillante d'insectes et de vers.

De semblables tombes, il en a dénombré une bonne dizaine sur le domaine car toutes les bêtes ne survivent pas à l'insémination sauvage de celui qu'on surnomme le Prof', un vilain bonhomme qui était, vingt ans plus tôt, une sommité dans le secteur vétérinaire, jusqu'à ce qu'on découvre que l'essentiel de son activité consistait à fabriquer des produits dopants pour chevaux de course. C'est un type curieux, oscillant entre le barde celtique et le vieux hippie prisonnier de la bulle temporelle de Woodstock. Les cheveux teints en noir, un mandala tatoué sur le front. Mais le regard est glacé et la bouche plus mince qu'une suture. Daryl ne l'a jamais vu sourire. Le Prof' n'a de contact qu'avec Manito et, à ce qui se raconte, traite ses assistants en esclaves. Par ailleurs c'est un bourreau de travail dormant trois heures par nuit, « comme Napoléon » se fait-il un devoir de préciser.

Daryl l'évite le plus possible.

Tournant le dos à la fosse commune, il se dirige vers l'hacienda baroque où loge le maître des lieux. Il ne s'est jamais senti à l'aise avec Manito car il détecte en lui un noyau de nihilisme exacerbé et une secrète attirance pour le chaos. C'est dans ces moments-là que Daryl comprend qu'il n'a pas totalement perdu son pouvoir extra-sensoriel et qu'il est encore capable de détecter les prédateurs. Toutefois, il reconnaît que cet instinct s'est émoussé avec les années et ne se manifeste plus qu'en présence de personnalités à fort potentiel toxique. Manito en fait partie, il y a en lui une aspiration suicidaire qui le pousserait à tout faire foirer pour le simple plaisir de la destruction. C'est quelque chose d'obscur et d'inexplicable qui le submergera un jour. Un désir de punition, dirait un psy.

Daryl s'aperçoit que le métis *caboclo* l'attend, installé sur la terrasse, tétant son éternel cigare. Il presse le pas.

— Je surveillais le comblement de la fosse, croit-il nécessaire d'expliquer. Il faudra semer du gazon dessus pour faire croire à une pelouse.

— Ouais, grogne Manito. Ce connard de Prof' m'a encore bousillé trois belles juments. Le placenta de synthèse a été rejeté et une septicémie galopante s'est développée. Ça retarde d'autant les expéditions, les clients s'impatientent, ils croient que c'est facile. Je voudrais les y voir. Opérer une jument! Merde, c'est pas un caniche…

— Vous m'avez fait demander? rappelle le jeune homme qui tient à éviter autant que possible les soliloques interminables du Maître d'écurie. Les monologues de quatre heures à la Fidel Castro, très peu pour lui.

— Tu veux du café? s'inquiète Manito. Tu peux y aller, c'est du meilleur, du cubain. Le café d'Amérique latine ça vaut rien, malgré tout ce qu'on raconte. Même le brésilien, c'est plus ce que c'était dans mon enfance.

Il tète trois secondes son *Beliscosos* avant de reprendre:

— Je suis emmerdé à cause d'Ichika. Elle est mignonne cette petite, mais elle est naïve. J'ai peur que les mecs de sa tribu lui montent la tête et qu'elle se croit forcée de protéger le Cheval Noir. Tu vois… Je pense que la mort des juments est due à la présence de cette saloperie de canasson sacré. Les femelles flairent sa colère, ça contrarie la gestation, et elles provoquent elles-mêmes la fausse couche. Tu sais que les animaux sont capables de s'auto-avorter ?

— Oui, mais, la plupart du temps, c'est quand il n'y a pas assez de nourriture pour la harde.

— Pas seulement, ça se produit aussi lorsqu'elles sentent le troupeau en danger. Ça les rend plus légères pour fuir et ça évite la prolifération de jeunes proies qui les retarderaient en cas de débandade générale.

Daryl ne tient pas à se lancer dans un débat sur les capacités abortives des juments. Ce n'est certes pas son domaine d'expertise. Par ailleurs, il est préférable de ne pas contrarier Manito. De toute façon, il ne s'agissait pas d'un vrai fœtus.

— Ichika ? questionne-t-il.

— Tu vas la suivre, ordonne le *caboclo*. Surtout lorsqu'elle grimpe sur la colline et qu'elle parcourt la plaine. Je suis à peu près certain qu'elle sait où se cachent les mustangs, mais qu'elle refuse de nous le révéler. Elle entretient un lien mental avec eux, c'est forcé. Mais Big-Mouth, ce taré de sachem de mes deux, a dû la menacer des pires châtiments si elle mangeait le morceau. Prends-la en filature, de loin.

Ne te fais pas repérer. Je ne peux pas me permettre de perdre d'autres juments, les acheteurs ont déjà commencé à se plaindre auprès du *Consortium*, c'est mauvais pour nous, pour moi… pour toi. Si je saute, tout le personnel sautera, et tu sais ce que ça signifie : une autre fosse commune, mais qu'on ne remplira pas de chevaux cette fois.

— Et vous croyez que tout rentrera dans l'ordre une fois le Cheval Noir éliminé ?

— C'est évident. Tu devrais pourtant sentir ça, toi, avec ton super-pouvoir, non ?

Daryl, sentant qu'on s'engage sur un terrain mouvant, préfère ne pas insister et prend congé.

Espionner Ichika le gêne. Il a fini par admettre que la jeune fille le trouble plus que de raison et il voudrait lui éviter autant que possible des ennuis. Si la cachette des mustangs rebelles est découverte, le sang coulera. L'hélico de combat acheté aux séparatistes tchétchènes et parqué sur la piste de décollage ne laisse planer aucun doute sur les projets de Manito.

Ayant regagné son bungalow, il bourre un sac à dos militaire avec le nécessaire de base : jumelles, appareil photo, carte d'état-major, gourde, barres énergétiques, sérum anti-venin (la prairie grouille de crotales !)… Il hésite à emporter son glock 17, mais il se méfie de Big-Mouth et de ses sbires, des allumés mystiques pratiquant encore la danse de la pluie et autres sornettes exotiques qui font le bonheur des vieux westerns télévisés.

Il ne se sent pas à l'aise car il n'a rien d'un homme de terrain, même s'il a laissé croire à Manito qu'il avait suivi l'entraînement des commandos de marine. Jusqu'à présent, son physique de voyou et sa réputation lui ont évité toute confrontation musclée, mais les Wataphas, eux, ne seront guère impressionnés.

Durant une heure, posté au coin de la fenêtre, il attend le moment où Ichika s'élancera en direction de la prairie pour essayer d'établir un contact avec le Cheval Noir. Généralement elle monte une vieille jument docile dont les odeurs ne risquent pas d'attiser les sens de l'Étalon Nocturne. Daryl, lui, a prévu de se poster au sommet de la colline rocheuse et de la suivre à la jumelle. Ce sera, estime-t-il, un bon début.

La jeune fille se décide enfin à quitter le haras. Daryl, qui n'a jamais été bon cavalier, grimpe dans le humvee et la suit à distance. Le vent souffle à son avantage, étouffant le bruit du moteur. Il laisse Ichika prendre beaucoup d'avance puis bifurque en direction de la colline rocheuse aux entassements rébarbatifs. Il déteste ce coin infesté de serpents qui se prête à merveille aux embuscades. En ahanant, il escalade à grand-peine le versant nord. Lorsqu'il atteint le sommet, la sueur lui colle la chemise à la peau. Les pierres sont brûlantes, il étouffe un gémissement lorsqu'il s'y étend à plat ventre.

D'où il se tient, il distingue le camp des Wataphas, en bas. Peu de choses en vérité. Six wigwams en cuir délavé ornementés de boucliers de pacotille.

Autour d'un feu de camp, une douzaine de types en costumes rituels et coiffures emplumés mènent une sarabande en poussant des cris inarticulés qu'un vieillard rythme en tapant sur un tambour. Les survivants d'un autre siècle. Daryl s'est procuré leurs dossiers personnels, ils étaient ouvriers dans le bâtiment, poseurs de charpente métallique, manœuvres dans une fonderie. Des petits boulots mal payés, dangereux, insalubres. Ils vivaient dans des camping-cars et s'ivrognaient à la gnôle frelatée... Du moins jusqu'à ce que surgisse Big-Mouth, le descendant d'on ne sait quel sachem allié à Red-Cloud ou à Sitting-Bull aux époques légendaires des guerres indiennes. Big-Mouth les a convaincus de regagner leur terre natale et de reconstituer la communauté originelle. Depuis, ils s'efforcent de survivre aux abords de la colline, adressant des dizaines de mises en demeure au gouvernement fédéral pour récupérer leur terre. Tout cela plus pathétique qu'angoissant, quoi que... Peut-on prévoir ce qui finira par germer dans une cervelle rongée par la colère et le désespoir ? C'est pourquoi Daryl les tient à l'œil.

Big-Mouth a un passé psychiatrique : mégalomanie, délire de la persécution. Un an en isolement pour avoir tenté de scalper un infirmier avec un couteau en plastique. On dit qu'il marche au peyotl, à l'ayahuasca, qu'il pratique les transes visionnaires et parle avec les esprits. Daryl le soupçonne d'avoir incendié les fameux totems de Maggie. Il lui en veut surtout d'avoir convaincu Ichika de se joindre à eux. Depuis qu'elle a été intronisée vierge sacrée, la jeune fille se croit investie d'une mission, elle, l'ancienne aide ménagère. On ne peut plus lui adresser la parole sans qu'elle le prenne de haut.

Daryl ajuste la netteté des jumelles. Ichika a déjà atteint le milieu de la prairie. Où compte-t-elle se rendre, la petite garce ? A-t-elle réellement établi un contact mental avec les chevaux sauvages ?

Il a beau se concentrer, il ne sent rien. Son « don » — s'il existe bien — ne lui envoie aucun message. Mais peut-être ne fonctionne-t-il qu'avec les humains ?

Où se cache ce foutu troupeau ? Où est l'entrée de la caverne qui leur sert de refuge ?

Difficile d'émettre une hypothèse valable car les reliefs tourmentés ne manquent pas, et certaines montagnes sont creuses, là-bas, en bordure de la prairie. Il faudrait les explorer… Trop compliqué. Les relevés géologiques que Daryl a consultés ne lui ont rien appris. Trop anciens, trop schématiques. Personne ne s'intéresse à ce coin perdu que le désert finira un jour ou l'autre par bouffer. Même le gisement de pétrole s'est rapidement épuisé, précipitant l'exode urbain, la faillite des commerces et l'agonie de Pueblo Quito.

Daryl en est là de ses réflexions quand la lame d'un poignard se pose en travers de sa gorge. Il n'a pas entendu son agresseur approcher.

— Alors, Visage-Pâle, grasseye Big-Mouth, on joue les espions ? On repère le camp ennemi avant d'avertir le général Custer ?

— Ne déconnez pas, lâche Daryl en s'efforçant de paraître maître de ses nerfs. Personne ne vous veut du mal.

— Langue fourchue! gronde l'Indien. Tu mens.

Daryl a envie de lui conseiller, s'il veut être pris au sérieux, de cesser d'emprunter sa manière de parler aux westerns des années 50, mais il renonce car Big-Mouth est peut-être en plein trip. Un trip où il est possédé par l'esprit de Cochise, et l'humour n'est pas son fort.

Des mains le saisissent, le relevant de force. Deux types accompagnent le « sachem », déguisés en guerriers sur le sentier de la guerre. N'en font-ils pas un peu trop? À qui est destiné ce cinéma? À eux-mêmes?

— Merde! grogne Daryl, ne faites pas les cons. J'essaie au contraire d'arranger les choses. Le Maître d'écurie est assez remonté contre vous et il n'a pas mon sens de la diplomatie.

— Tais-toi! hurle Big-Mouth. Tes paroles puent comme la merde du chacal.

Là, on sombre dans le grotesque. Daryl tente de se débattre, mais les deux gars sont costauds. Ils le poussent en direction d'un trou, une sorte de puits au fond duquel s'agitent des ombres lascives. Des serpents! Des crotales!

— Retourne donc avec les tiens! lance Big-Mouth.

Poussé dans le vide, Daryl tombe et se reçoit mal. Les serpents à sonnettes, dérangés, se jettent sur lui et le mordent à trois reprises, deux fois au mollet droit, une fois à la cuisse gauche.

Il a la présence d'esprit de ne pas céder à la panique et se garde de gesticuler. Au contraire, il s'applique à faire le mort en dépit de la souffrance occasionnée par les morsures. Par ailleurs, l'immobilité ralentira la diffusion du venin dans son organisme.

Il sait que, contrairement à ce qu'on raconte, le venin du crotale n'est pas mortel à tous les coups. L'issue fatale dépend en grande partie de l'état de santé de la victime, or il est de constitution robuste, et encore jeune. Avec un peu de chance, il s'en tirera avec une forte fièvre. Oui, il faut l'espérer.

Les reptiles se sont désintéressés de lui. Lovés sous les pierres, ils ont repris leur sieste paresseuse. Là-haut, les Indiens se retirent en échangeant des plaisanteries qu'il ne comprend pas tant ses oreilles bourdonnent d'angoisse.

Daryl respire le plus lentement possible dans l'espoir de ralentir ses pulsations cardiaques. Il essaie également de rassembler ses pensées, ses souvenirs du stage de survie qu'Oswald l'a contraint à suivre lorsqu'il était dans ce camp d'entraînement clandestin, il y a une éternité.

Il croit se rappeler que le crotale est l'un des serpents les plus répandus en Amérique du Nord et qu'il n'injecte pas obligatoirement son venin chaque fois qu'il mord, cela dépend de son état de colère. La toxicité du poison, elle, varie selon les animaux, leur taille, leur âge... L'important, c'est que les morsures soient le plus éloignée possible du cœur et du cerveau. Les bras, les jambes, ça va... mais surtout pas la carotide !

L'ennui, c'est qu'en l'absence d'une inoculation rapide de sérum, les blessures commencent à se nécroser au bout de quelques heures et peuvent nécessiter des amputations pour cause de gangrène.

« Le mieux, répétait l'instructeur, c'est d'être jeune et en bonne santé, et de ne souffrir d'aucune allergie. Et surtout, n'incisez pas les morsures, ne cherchez pas à aspirer le venin, c'est des conneries qu'on voit dans les films mais ça ne sert à rien. »

Voilà, c'est à peu près tout ce dont se rappelle Daryl, qui n'a pas été très attentif pour cause de gueule de bois.

Il sait cependant qu'il va sérieusement déguster, car la douleur s'intensifiera au fil du temps. Il y a peu de chance qu'il échappe à la fièvre de cheval, aux hallucinations. Le pire, ce serait qu'il entre en détresse respiratoire et s'étouffe. Tant qu'on n'a pas été mordu, on ne peut pas savoir si on est ou non allergique au venin du serpent à sonnettes.

Il attend, le ventre noué par la peur. Il se sent plutôt mal. Il lui semble que sa cuisse et son mollet ont déjà triplé de volume et feront bientôt éclater les coutures de son pantalon. La fièvre s'empare de lui, soudaine, comme s'il plongeait dans une fournaise. Il perd la notion du temps. Il devient une boule de souffrance parcourue d'élancements. Il a l'illusion qu'on lui plante des dizaines d'aiguilles dans les orteils.

La lumière baisse, le crépuscule s'installe, plusieurs heures ont passé sans qu'il en ait conscience. Il respire avec difficulté, ses poumons et sa gorge ont bizarrement rétréci, il n'aime pas le râle qui s'échappe de sa bouche.

Les reptiles ne s'occupent pas de lui. Peut-être sont-ils partis chasser les gerbilles en se glissant dans les fissures de la roche ?

De toute manière, cela ne changerait pas grand-chose puisqu'il serait incapable de se hisser hors du puits.

Tout à coup, il entend une voix. Quelqu'un l'appelle. Une femme. Au début, il n'y prête pas garde, croyant à une hallucination, puis il identifie la voix d'Ichika !

— Ici ! coasse-t-il. Dans le trou… Attention… Serpents.

— Ne bouge pas, lance la jeune femme, je vais lancer quelque chose, essaie de retenir ta respiration.

Daryl étouffe un ricanement, il est déjà à moitié asphyxié, s'il s'arrête d'inspirer, il meurt dans la seconde !

Une sorte de brandon rougeoyant atterrit au fond du puits en répandant une fumée âcre, sans doute un machin censé faire fuir les crotales ? Daryl découvre qu'il s'en fout car il est en train de perdre connaissance. Il a très vaguement conscience qu'on le force à s'asseoir pour nouer une corde autour de son torse.

— Le cheval va te tirer de là, explique Ichika. J'ai trouvé ta trousse médicale, je t'ai injecté l'antidote. Accroche-toi. Je suis venue dès que Big-Mouth et les autres se sont vantés de ce qu'ils t'avaient fait. Pour eux, ce n'est qu'une blague, il ne faut pas leur en vouloir. Quand ils sont gosses, on les habitue aux morsures de serpents, pour les vacciner.

Daryl n'écoute pas. La corde lui scie les aisselles, il s'envole dans les airs mais son dos râpe durement contre la paroi. Il émerge enfin à l'air libre. Il se met à grelotter, il a l'impression qu'on le roule dans la neige.

— J'ai repéré le humvee au pied de la colline, dit Ichika. Je vais te ramener au haras. Le Prof' pourra sûrement te soigner… Sinon, il y a l'hélicoptère, on te transportera à l'hôpital de Ciudad Cordero…

« Surtout pas le Prof' ! pense désespérément Daryl, prisonnier de la démence fébrile. Il serait foutu de m'implanter un fœtus de poulain dans le ventre ! »

Puis il bascule dans le non-être et se désintéresse de tout ce qui pourrait lui arriver.

LA FEMME AUX CHEVEUX GRIS

Il se réveille dans une chambre blanche, une perfusion fichée dans la saignée du bras. Des douleurs diffuses lui tenaillent les jambes. Il se crispe. L'a-t-on amputé ? Comme il s'agite, une main se pose sur sa poitrine, l'incitant au calme. Un type se tient à son chevet. Ce n'est pas un médecin car il ne porte pas de blouse blanche. Il est mince, en costume anthracite, affublé d'énormes lunettes qui lui font une tête de hibou. Son visage n'est pas inconnu à Daryl. Il est certain de l'avoir rencontré quelque part. Il y a… Il y a longtemps. Dans une autre vie.

— *Damian ?* balbutie-t-il. Merde, c'est toi Damian ?

Mais oui, c'est bien l'étudiant avec qui il partageait sa chambre dans cette fac de pacotille au fin fond de la Virginie. Damian, qui se prétendait amoureux de lui…

— Calme-toi, dit Damian. Ça va, tu es sorti d'affaire. Tu n'auras pas de séquelle, ta copine indienne t'a récupéré juste à temps, et ton patron t'a amené ici en hélicoptère d'attaque, ce qui a créé une certaine panique. Les toubibs se préparaient déjà à encaisser une salve de missiles antichars.

Il ricane, de ce rire bizarre qui faisait déjà se retourner les gens au temps de la fac. Il a un peu vieilli et son regard, jadis candide, est devenu incisif.

— Tu es resté trois jours dans le coma, explique-t-il. On te traite actuellement pour une nécrose partielle de la cuisse, mais ne t'inquiète pas, le venin était peu chargé en neurotoxines. Tu as eu de la chance. Tu t'en remettras.

Il s'exprime avec un détachement clinique teinté d'ironie, comme s'il se payait la tête de Daryl qui n'y comprend rien.

— Qu'est-ce que tu fous ici ? grogne le blessé. Merde, ça fait combien d'années ? Qui t'a prévenu ?

Damian soupire avec lassitude, comme si la perspective d'une inévitable explication le fatiguait par avance.

— On ne t'a jamais perdu de vue, lâche-t-il enfin. On a toujours été derrière toi. Tu ne t'en es pas rendu compte, voilà tout.

Il a dit cela avec une pointe d'agacement. Il tire de sa poche un étui à cigarettes en argent guilloché qu'il tripote sans se décider à l'ouvrir, tenaillé par une envie de fumer contre laquelle il résiste vaillamment.

Daryl s'est ressaisi. Il devine qu'il n'aimera pas ce qu'on va lui révéler.

— Allez, accouche, soupire-t-il. On n'a jamais été copains, c'est ça ?

— J'étais là-bas en tant que scrutateur, élude Damian. C'était mon boulot. À l'époque, j'écumais les facs à la recherche de « talents », de candidats potentiels. On me demandait de signaler les gars présentant un certain profil psychologique. Je rédigeais une fiche sur eux, puis je l'expédiais à mon officier traitant. Pour moi, c'était un job d'étudiant comme un autre. Après tout, on était en Psycho, non ? Ça ou remettre les livres sur les étagères à la bibliothèque universitaire, c'était du pareil au même… sauf que c'était mieux payé. Et puis, il se trouve que j'avais du nez pour détecter les sujets intéressants.

— Intéressants qui ?

— Le Service.

— Quel service ?

— Je n'ai jamais su au juste. On ne pose pas ce genre de question.

— Attends ! grogne Daryl en s'agitant. Je n'y pige rien, c'est incohérent, c'est pourtant bien toi qui m'as conseillé de fuir les mecs en costumes gris quand ils se sont pointés sur le campus !

— Psychologie inversée, glousse Damian. Je savais que si je te disais de ne pas y aller, tu t'y précipiterais ! Et c'est ce que tu as fait.

— Alors, les tests, Oswald, l'unité de liquidation préventive… tout ça, tu étais au courant ?

— Non, je n'étais que scrutateur, je te l'ai déjà dit. Après ton départ, on m'a inscrit dans une autre fac, et ainsi de suite. Bon, on évoquera le bon vieux temps une autre fois. En fait, je suis là pour te présenter quelqu'un d'important. Ma patronne, celle qui t'a recommandé à Oswald. Celle qui a tout mis en place pour t'infiltrer au haras.

— Quoi ?

— Tu croyais être arrivé là-bas par hasard ? Non, tout était prévu, calibré, mais ça a pris du temps. Il fallait que ça soit crédible. Jonas, le gars qui t'a présenté à Manito faisait partie de notre équipe. C'est lui qui, normalement, devait jouer le rôle d'officier traitant, mais il s'est tué connement dans cet accident de voiture. Du coup, tu t'es retrouvé livré à toi-même. Mais tout ça, c'est fini, la patronne va t'expliquer.

— Et c'est qui, cette « patronne » ?

— Oh ! Tu la connais… Du moins tu l'as connue à une certaine époque. *C'est ta mère.*

Daryl cède à un sursaut qui manque d'arracher le cathéter fiché dans sa veine.

— Tu déconnes ?

— Non, elle attend dans le couloir. Elle souhaitait que je te prépare. Par pitié, ne tombe pas dans le pathos, on n'a pas le temps pour ça. Les reproches, les insultes, les larmes, les embrassades, vous verrez ça en privé. Pour le moment on est là pour le boulot, pigé ? Uniquement pour le boulot, et c'est le plus important au vu de ce qui se prépare.

Mais Daryl s'est déjà repris. *Sa mère ?* Il n'en conserve qu'un souvenir confus. Sa présence se réduit aux photos dont Granny Martha tapissait la maison. Des clichés où elle ne souriait jamais. Damian s'est levé, soucieux d'abréger l'épreuve. Il ouvre la porte. Une inconnue s'avance sur le seuil. La soixantaine, visage inexpressif, cheveux gris coupés courts, la silhouette hommasse, lourde. Elle porte un tailleur-pantalon gris. Il lui manque deux doigts à la main gauche, l'annulaire et l'auriculaire coupés au-dessus de la première phalange. Les yeux n'expriment rien.

Damian s'empresse de lui offrir la chaise qu'il occupait une seconde auparavant. Elle s'assied sans chercher à fuir le regard de Daryl.

Ce dernier n'éprouve pas grand-chose, sinon une vague curiosité. Il y a longtemps qu'il a appris à tenir ses sentiments sous le couvercle, sauf en ce qui concerne Ichika bien sûr.

— Je suis contente de voir que tu t'en sors bien, dit la femme d'une voix goudronnée par l'abus du tabac. Tu as frôlé la gangrène. Avec certains crotales, on atteint le seuil létal en moins de six heures.

— Donc, vous n'êtes pas vraiment morte, riposte Daryl en essayant de modérer le sarcasme qui imprègne ses paroles.

— Non, pas tout à fait, répond sa mère sur le même ton. Mettons tout de suite les choses au point : je n'attends pas que tu me sautes au cou. Je ne regrette en rien d'avoir emprunté la voie qui s'offrait à moi. On m'a fait un jour une proposition qui me donnait l'occasion d'être plus utile à mon pays que de piloter un hélicoptère d'évacuation médicale rempli de pauvres gamins qui perdaient leur sang et seraient morts avant que je puisse atterrir. J'ai dit oui parce que c'était mon devoir. Ton père avait sauté sur une mine, tu étais plus proche de ta grand-mère que de moi, rien ne me retenait. Voilà, considérons le dossier classé. Nous sommes les pions d'une partie qui nous dépasse, nos aspirations personnelles ne pèsent rien en regard des dangers qui se profilent à l'horizon.

Elle s'interrompt. Elle respire mal, en produisant un léger sifflement qui pourrait trahir un problème pulmonaire. Une ancienne blessure par balle ? Daryl ne parvient pas à s'en émouvoir. Il s'obstine à penser : « une inconnue ».

— Bien, reprend la femme aux cheveux gris. Passons aux choses importantes, le temps presse et la situation se modifie plus rapidement que prévu. Tu dois être mis au courant de certaines choses qui t'ont peut-être échappé.

— Alors, coupe Daryl, Oswald, le stick d'intervention, c'était vous ?

Sa mère crispe les lèvres avec irritation. Elle comprend qu'elle ne pourra couper à certaines explications.

— Oui, soupire-t-elle. C'était un magnifique projet où tu aurais pu occuper un poste important. Un projet en marge, secret, initié par le Président dont la confiance dans les organismes officiels s'effritait. Hélas, Oswald s'est montré imprudent, il a commis des erreurs qui l'ont fait repérer par le FBI, la CIA, la NSA… Ces agences-là ne supportent pas la concurrence, elles se sont alliées pour nous détruire. Et, contre toute attente, le Président, par peur du scandale, s'est dégonflé. Il s'est contenté d'intervenir pour qu'aucune accusation ne soit retenue contre nous. Ce qui explique que nous ayons tous échappé à une peine d'emprisonnement à vie pour complot contre la sûreté de l'État. Aujourd'hui, nous avons un nouveau président, plus déterminé, et le *Service* s'est reformé. La voie légale, trop embouteillée par les avocats et les légalistes, n'est pas celle que nous empruntons. Comme nous tous, tu as fait les frais de cette transition, mais d'une certaine manière elle t'a rendue plus crédible aux yeux de nos ennemis.

— Qui sont ?

— Manito et le *Consortium*… mais pas uniquement.

— Pourquoi sortez-vous de l'ombre aujourd'hui ?

— Pour t'ouvrir les yeux, parce que certaines choses t'ont échappé. Sans doute par manque de recul.

— Je sais tout sur Manito, les chevaux, la drogue, les juments trafiquées…

— Il y a plus. Notamment Ichika, elle vous a tous roulés dans la farine. Sans oublier les Wataphas.

Daryl retient son souffle. Il n'avait pas prévu cela. De façon aussi stupide qu'injustifiée, il soupçonne sa mère de vouloir lui faire mal.

— Ichika travaille depuis cinq ans pour le Cartel du Cacique, le rival direct du *Consortium,* énonce la femme aux cheveux gris. Les Wataphas ne sont pas plus Indiens que toi et moi, mais des hommes de main du Cartel. Des Mexicains qui jouent un rôle. La tribu, la restitution de la terre des ancêtres, les danses rituelles, tout ça relève du cinéma, du camouflage.

C'est Ichika qui les dirige. Elle s'est fait admettre au haras pour en connaître les points faibles et les systèmes de sécurité. Elle se sert de la fable du Cheval Nocturne pour exploiter la crédulité de Manito. En jouant les vierges sacrées, elle vous manipule tous. Toi le premier.

— Elle m'a sauvé des serpents, sans elle...

— Une mise en scène, pour renforcer son emprise sur toi. Elle a su que Manito t'avait chargé de la surveiller. Il fallait qu'elle trouve quelque chose. Désormais, tu deviens son débiteur. Elle a chargé ses hommes de t'agresser. Le puits aux serpents, ça ne te paraît pas un peu *trop* fabriqué ? Elle a juste attendu le bon moment pour te « sauver ». Il fallait que ce soit crédible. Ils avaient bien préparé leur coup. Je suppose qu'ils ont forcé les crotales à cracher leur venin la veille au soir, afin que leurs glandes n'aient pas le temps de se remplir. De cette manière, la quantité inoculée ne risquait pas d'être létale.

— Mais pourquoi ?

— Tu avais pris Ichika en filature. Il ne fallait pas que tu te rendes compte que la fameuse horde de mustangs fous n'a jamais existé. C'est une pure invention. Un mirage. Il y a bien une grotte cachée, cela c'est réel. Mais elle renferme des armes, des munitions, des véhicules. De quoi équiper une escouade d'intervention.

— Dans quel but ?

— C'est évident, le Cartel du Cacique veut s'approprier le haras. Ichika attend juste le bon moment.

Quand l'ordre lui sera donné, elle sabotera les défenses du domaine, empoisonnera les sentinelles et ouvrira les portes à son groupe d'assaut. Ils tueront tout le monde, sauf le Professeur, les soigneurs et les ouvriers du laboratoire. Ce sera un véritable carnage. Tu commences à comprendre ?

— Mais, s'ils détruisent le *Consortium*, c'est plutôt bon pour vous, non ?

— Le but, ce n'est pas de tomber de Charybde en Scylla, c'est de détruire Charybde *et* Scylla. Mais cela demande du temps et des moyens. Il est hors de question d'organiser une opération de grande envergure, le Président ne le permettra jamais. Nous devons continuer à agir dans l'ombre, nous procurer les fichiers informatiques de Manito, avoir accès à toutes les filières, connaître ses contacts, recenser les fonctionnaires qu'il a corrompus. C'est là que tu interviendras. Tu devras te procurer ces fichiers et nous les transmettre. Quant à nous, notre travail consistera à annihiler la menace que représentent les faux Wataphas. Tu sais maintenant à quoi t'en tenir. Méfie-toi d'Ichika. Elle va chercher à t'embrouiller. C'est une sacrée petite garce.

La femme aux cheveux gris se lève, se tient un moment en silence au pied du lit, et conclut :

— Je pense que nous ne nous reverrons pas, et c'est sans doute mieux ainsi. Damian sera mon agent de liaison. Suis ses directives sans poser de question et tiens-toi sur tes gardes.

Puis elle tourne les talons et sort. Damian hésite, gêné.

— Considère que tu es d'ores et déjà réintégré au *Service*, énonce-t-il. Tu n'es plus un électron libre, tu es en mission. Repose-toi, je viendrai te récupérer lorsque tu sortiras, dans deux ou trois jours. Comme il se trouvera probablement quelqu'un pour nous voir ensemble, tu n'auras qu'à raconter que je suis ton médecin.

Il s'en va, laissant Daryl hébété.

Au bout de soixante-douze heures, drains et cathéter ôtés, Daryl quitte l'hôpital. Les cicatrices de morsures le brûlent et le démangent tour à tour. Ses muscles restent douloureux. Il flotte un peu, ayant perdu les minces points de repère qui l'empêchaient encore de partir à la dérive. La vérité sur Ichika occulte dans son esprit la réapparition de sa mère, la reléguant au statut d'anecdote secondaire.

Comme promis, Damian le récupère au bureau des admissions. Il a réglé les frais médicaux, une ardoise pharamineuse que le *Service* se chargera d'éponger.

Dans l'espoir de créer une atmosphère factice de convivialité, il entraîne Daryl dans une *bodega* au coin de la rue.

— Tu dois te poser des questions sur ta mère ? hasarde Damian.

— Pas tant que ça, rétorque Daryl. Je l'ai à peine connue. Et quand elle venait en permission, elle n'était pas vraiment du genre câline. En fait, je crois que je l'emmerdais un peu. Je ne lui en veux pas. Je suppose que ma naissance résultait de ce qu'on appelle un accident.

— C'est une sacrée bonne femme, intervient Damian. Quand son hélico s'est fait moucher par un missile, elle s'est écrasée dans le désert. Elle était la seule survivante du crash. Blessée, elle a couvert une distance incroyable pour rejoindre les lignes américaines. C'est là que le *Service* l'a récupérée et lui a proposé de l'engager. Ils ont profité du crash pour la déclarer morte au champ d'honneur. C'était plus commode. Elle voulait s'impliquer de façon plus active, tu comprends ? Tu ne dois pas lui en vouloir...

— Je ne lui en veux pas, je m'en fous. Ça fait trop longtemps qu'elle est sortie de ma vie. D'ailleurs, y est-elle un jour entrée ?

Damian se tait, choqué.

Daryl a envie de lui dire : « Tu te cherches une maman ? Si tu veux, je te donne la mienne. C'est sans façon, vraiment ! »

— Parle-moi plutôt d'Ichika, ordonne-t-il.

Damian ébauche un geste vague.

— Tu ne vas pas aimer, grogne-t-il. En réalité, elle s'appelle tout simplement Rose-Ann. Ichika est son nom de guerre... ou d'artiste, au choix. Elle a commencé à se prostituer à douze ans, lorsqu'elle était aide ménagère chez les vieux. Ils la payaient pour s'exhiber devant eux... et la toucher. Elle leur piquait leurs médocs pour les revendre aux camés du coin. Son visage d'ange l'a beaucoup servi.

— Elle est Indienne ?

— Pas sûr. On pense que son père était Chinois. Embaumeur et trafiquant d'opium, d'où ses yeux bridés. Mais elle a joué à fond la carte « indigène dépossédée de sa culture, opprimée par l'envahisseur Blanc ». Elle a vite pigé que les Visages Pâles nourrissaient un gros complexe de culpabilité envers les Indiens, elle l'a exploité. Elle est très intelligente et manipulatrice. Elle a su manœuvrer pour travailler au haras. Cela dit, c'est une remarquable cavalière et elle a un véritable don pour se faire obéir des chevaux. Manito l'a repérée. Alors elle lui a sorti le couplet de la vierge sacrée et de l'Étalon maudit, le cheval sorti de la nuit qui va piétiner les humains… Il ne faut pas oublier que Manito est un fils de l'Amazonie, il a du sang indien. Il reste perméable aux légendes, à la magie. Il croit aux fantômes. Bref, elle lui a miné la tête avec ses histoires à dormir debout. Au fil des mois, elle est devenue la petite princesse du haras, celle que tout le monde reluque en bavant mais n'ose pas toucher. Désolé si je casse ton rêve, mais elle couche avec Big-Mouth.

— Tu en es sûr ?

— J'ai des photos, tu veux les voir ?

— Non, merci.

— Donc, pendant qu'elle faisait son petit bonhomme de chemin, le Cartel du Cacique lui a fait une proposition du genre qu'on ne refuse pas. Ta mère te l'a expliqué. Au final, si elle réussit à prendre le contrôle du domaine, elle deviendra la maîtresse des écuries. Du moins, c'est ce que le Cartel lui laisse croire.

En réalité je pense qu'ils l'élimineront pour placer un de leurs cadres à la tête de l'exploitation, mais ça, Ichika l'ignore.

— Bref, résume Daryl, tout le monde encule tout le monde ?

— C'est comme ça que ça fonctionne depuis la nuit des temps, non ?

Daryl prend le temps de siffler sa troisième téquila. Il est urgent qu'il s'amortisse et se bourre la cervelle de coton.

— Ce n'est pas fini, soupire Damian. Y'a encore du rabiot. Désolé, mais je dois te faire la totale. *Maggie...*

— Quoi Maggie ? Tu parles de la vieille cinglée et de ses totems ?

— Oui. Ce n'est pas n'importe qui.

— Je sais, elle a été célèbre en son temps, elle vendait ses saloperies de sculptures des millions.

— Non, ça, on s'en cogne, c'est anecdotique. Maggie, c'est l'épouse légale du patron du *Consortium*.

— Tu déconnes ?

— Pas du tout. Elle est mariée à un certain Wilhelm V.K., un gros producteur d'Hollywood qui se sert du show-biz pour blanchir l'argent de la drogue. Elle l'a rencontré lors d'une exposition, coup de foudre réciproque. Wilhelm a magouillé un max pour faire d'elle une vedette. C'est lui qui achetait en secret les foutus totems de sa nana pour les refourguer à ses associés et amis. Même chose pour les articles dithyrambiques dans les revues. Il était mordu, il voulait lui faire plaisir. Elle vivait dans un rêve. Un jour, une bonne âme lui a révélé la vérité. Maggie a totalement disjoncté. Au volant de sa voiture, elle a percuté à cent à l'heure l'un de ses chers totems exposé sur l'esplanade d'un musée. La bagnole a pris feu, on l'en a tirée de justesse, brûlée sur 50 % du corps. Triple fracture du crâne. Elle a survécu par miracle mais a perdu la boule. Dans l'espoir de la faire tenir tranquille, on lui a raconté une histoire fabriquée de toutes pièces. AVC, amnésie. Un conte de fées auquel elle s'est accrochée. Mais elle est devenue instable. Fugues à répétition, délires, paranoïa. Elle s'est crue persécutée et a commencé à fuir.

— Je sais, elle raconte que quelqu'un fout le feu à ses totems. Pour moi, c'est un mec qu'on devrait décorer.

— On n'a aucune preuve, mais on pense que c'est elle-même qui déclenche les incendies. Un truc qui aurait un lien avec l'accident dans lequel sa famille aurait trouvé la mort. Bon, on s'en fout, on n'est pas là pour la psychanalyser. Je voulais juste te faire savoir que ce n'est pas n'importe qui. Wilhelm, son mari, a bien sûr refait sa vie avec de jeunes starlettes moins fripées, mais il reste attaché à elle et a placé des gens pour veiller sur sa sécurité. Elle est donc intouchable.

— Qui la protège ?

— Je ne sais pas. Des mecs qui font profil bas, sans doute. Le marchand de glaces du coin, le coiffeur ? Vu la façon dont le *Consortium* est compartimenté, je pense que Manito lui-même l'ignore. Je devais t'en informer. On ne sait jamais, Maggie peut constituer un moyen de pression ou une monnaie d'échange, le cas échéant. Garde ça dans un coin de ta tête mais ne prends jamais pour argent comptant ce qu'elle raconte.

N'ayant plus rien à se dire, ils décident de se séparer. Damian conduit Daryl à l'aéroport où un hélicoptère a été loué à son intention. Il rentrera au haras par la voie des airs.

— Sois vigilant, lui lance Damian tandis que le pilote fait son point fixe. Je me débrouillerai pour te contacter dès que j'aurai du nouveau.

L'appareil décolle, emportant un Daryl plus perdu que jamais.

MARIA-FERNANDA DE LA SANCTIFICATION

Le retour de Daryl passe presque inaperçu. Ichika s'en explique :

— Ne m'en veux pas, j'ai volontairement minimisé ta mésaventure. D'une part, je voulais t'éviter de passer pour un imbécile ; d'autre part, il n'était pas question que Manito exerce des représailles sur mes frères de race, ce qui aurait été sa première réaction.

— Tu as bien fait, se force à articuler le jeune homme. Merci, sans toi j'étais foutu.

— N'exagère pas, tu dramatises, lance Ichika avec un haussement d'épaules. On meurt rarement d'une morsure de crotale. C'est juste un sale moment à passer. J'ai moi aussi été mordue quand j'étais gosse, et je suis toujours en vie.

Elle sourit, aguicheuse, et Daryl éprouve une soudaine bouffée de haine.

— Ne va plus traîner du côté de la colline, ajoute-t-elle. Mes frères n'aiment pas les Blancs, et quand ils sont un peu défoncés, ils ont tendance à laisser parler leur instinct de vengeance, c'est génétique, tu vois ?

Elle s'éloigne en sautillant, avec un petit geste gracieux de la main. Elle en fait des tonnes, estime Daryl. Il s'applique à paraître cool. Pas facile.

Un peu plus tard, Manito s'enquiert de sa santé, mais sans insister. Du moment que Daryl est sur pied, ça lui suffit. Ils passent un moment à régler des questions de service et à répertorier les pannes de plus en plus fréquentes des systèmes de sécurité. Daryl se demande s'il doit y voir l'œuvre d'Ichika qui teste en secret le périmètre constitué par les écuries et les laboratoires souterrains.

— Ah ! ajoute Manito, on a encore retrouvé des coyotes morts le long de la clôture, ils se sont électrocutés en pissant sur le grillage électrifié.

Daryl sait que ça n'a rien de nouveau. Les loups agissent de même, avec l'espoir que l'acidité de l'urine oxydera le métal, le rendant plus facile à forcer. L'odeur des chevaux les attire, ils rêvent de se faufiler dans les stalles pour égorger les poulains. Ils ignorent que, la nuit, Manito augmente l'intensité du courant bien au-delà de la limite autorisée.

Dans les heures qui suivent, Daryl feint de reprendre le cours de ses occupations ordinaires mais bouillonne intérieurement, envahi par une rage qu'il n'arrive pas toujours à dissimuler.

Des questions l'assaillent, sans réponse. Frisant la paranoïa, il commence à douter de tout et de tous. Ainsi, la femme aux cheveux gris est-elle réellement sa mère ? Rien ne le prouve. Faute d'une analyse ADN, il n'en aura jamais la certitude. Quand il s'examine dans un miroir, il ne se trouve aucun point de ressemblance avec elle. Mais peut-être est-il le portrait craché de son père ? Un père dont seules quelques vieilles photos lui renvoient le visage.

Damian l'a déjà manipulé une fois, au temps de la fac, pourquoi ne continuerait-il pas aujourd'hui ?

Et puis, le problème de Maggie continue à le titiller. Maggie, épouse d'un baron de la drogue ayant pignon sur rue, c'est dur à avaler. Que fait-elle ici, dans ce trou perdu ?

Son instinct lui souffle qu'il lui faudrait creuser de ce côté. Il ignore pourquoi, mais cette certitude envahit son esprit jusqu'à se changer en obsession.

Il est tenté d'obéir à ce « pouvoir » qu'il était, jadis, persuadé de posséder. *L'instinct animal,* oui… et s'il se réveillait enfin ?

Il décide de mettre à profit l'une des déambulations de la vieille folle pour fouiller le mobil-home de façon plus approfondie. Oui, c'est cela. Ne pas réfléchir, se laisser guider par une force aveugle, même si ça paraît débile et a priori sans fondement.

Ragaillardi à cette perspective qui lui donne l'illusion de reprendre son existence en main, il passe une bonne nuit.

Le lendemain, il va rôder dans la salle d'informatique, là où sont gérés les commandes, les pots-de-vin, les milliers d'enveloppes distribuées aux complices grands ou petits qui travaillent à la diffusion des « produits » du *Consortium*. Cette visite lui confirme ce qu'il savait déjà. L'accès aux données est verrouillé au moyen de logiciels de cryptage qui dépassent de beaucoup ses maigres connaissances. Seul un hacker de haute volée pourrait forcer la machine, encore n'est-ce pas certain… Sa mère et Damian rêvent tout éveillés s'ils imaginent qu'il peut s'introduire dans un tel système. Pour accéder aux secrets du haras, il lui faudrait corrompre l'un des informaticiens, et cela il n'en a pas les moyens. De toute façon, ils ont trop peur de Manito pour envisager de trahir. Cela se comprend, qui envisagerait sereinement d'être dévoré vivant par des porcs affamés ?

En tant que superviseur de la sécurité, il n'a pas à justifier de ses déplacements, aussi quitte-t-il le domaine au volant de l'une des voitures banalisées mises à la disposition du personnel, et dont les plaques sont changées chaque semaine. Il roule en direction de Pueblo Quito et s'arrête à la *cantina* où Olga, la serveuse russe, lui sert une bière en lui adressant des sourires aguicheurs. Il y a un bout de temps déjà qu'Olga *le kiffe à mort* comme diraient les ados. Avec sa queue-de-cheval oxygénée et ses yeux bleus de poupée de pacotille, elle fascine tous les journaliers du coin et les coupeurs de canne à sucre. Daryl adore son accent aux « r » en roulements de tambour.

Posté à une table près de la fenêtre, il attend le moment où Maggie entreprendra l'une de ses interminables déambulations. Elle apparaît vingt minutes plus tard, boitillant, vêtue d'une invraisemblable tunique indienne, marmonnant des choses inaudibles.

Daryl patiente le temps qu'elle s'éloigne. Elle ne reviendra pas avant une heure, cela lui donne le temps de fouiller le mobil-home. Il se lève, paie en laissant un gros pourboire et sort sans plus attendre.

Pressant le pas, il gagne le terrain clôturé où le camping-car trône, encerclé par les moignons des totems calcinés. La porte de la roulotte n'est pas fermée, il entre, s'immobilise sur le seuil, attendant que son instinct lui indique où fouiller car il n'est pas question de se livrer à une perquisition sauvage qui trahirait sa visite. Cela dit, il règne ici un tel bordel que Maggie ne s'en apercevrait sans doute pas !

Tout de suite, le titillement mental qu'il a jadis souvent éprouvé attire son attention sur un carton affaissé dans un recoin. Il l'ouvre et découvre un fouillis de papiers déchirés en mille morceaux. Des lettres manuscrites. Les débris laissent entrevoir une écriture féminine. Cela équivaut à un puzzle de 3 000 pièces et il est hors de question qu'il se hasarde à l'assembler. Au milieu de l'entassement, des lambeaux d'enveloppes. L'un d'eux porte, au verso, le nom et l'adresse de l'expéditeur :

M-F de la Sanctification. Pine Ridge. San Clemento.

Il l'empoche et sort.

San Clemento n'est pas la porte à côté. Trois heures de route minimum, six heures aller et retour. Une journée d'absence. Là, c'est beaucoup, il lui faudra inventer un prétexte. *M-F* est une femme, de toute évidence, et Maggie la hait. Il serait utile de savoir pourquoi.

De retour au haras, il annonce à Manito qu'il projette d'inspecter la clôture électrifiée qui entoure les 200 hectares du domaine car il nourrit des doutes sur l'intégrité du système. Des courts-circuits dont les coyotes seraient responsables. Il doit vérifier ça de près, tester les relais et poser des pièges, ça lui prendra la journée. Le maître d'écurie n'y voit pas d'objection. L'important, c'est que personne ne puisse franchir les limites de la propriété sans être aussitôt intercepté… ou électrocuté. Le shérif, grassement payé, fermera les yeux sur les « accidents » éventuels. On ne peut pas sauver tous les randonneurs imprudents, n'est-ce pas ?

Le lendemain, Daryl prend la route après avoir, aux yeux de tous, entassé dans la Rover des valises de matériel, des bidons d'eau et des pièges à coyotes.

Il roule, l'œil rivé au GPS. San Clemento est un ancien repaire de hippies où l'on donnait jadis des concerts pour un public raide défoncé au LSD. Il y a de cela un bon siècle. Puis, ce trou paumé est devenu à la mode, les bobos new-yorkais s'en sont emparés. On y a construit de super-baraques, creusé des piscines. Aujourd'hui les habitants sont surtout des retraités friqués, ex-traders ou chirurgiens plasticiens menacés par le gâtisme. Un bled très propre, et presque aussi tranquille qu'un cimetière. Il y a donc de fortes chances pour que M-F soit de la génération de Maggie, une enfant terrible des *Roaring Sixties.*

Daryl n'a jamais aimé les longs trajets mais il résiste à la tentation d'écraser l'accélérateur. Ce n'est pas le moment de se faire choper par la *Highway Patrol*. L'influence de Manito ne couvre pas tout le sud des USA.

Pour ne pas trop s'emmerder, il se repasse en boucle la rencontre avec sa mère, dans la chambre d'hôpital. Il ignore ce qu'il espère en tirer et s'en veut d'y accorder tant d'importance. OK, sa daronne a choisi de servir le Drapeau plutôt que de s'occuper de son fils, ça la regarde. De toute manière Daryl devrait s'estimer heureux, il l'a échappé belle car il y a fort à parier qu'elle aurait fait une mère super-chiante.

Quand il franchit enfin les limites de San Clemento, il est fatigué, en sueur et son caleçon humide lui irrite le dessous des couilles.

Les baraques défilent de chaque côté de la route. Immenses, néo-modernes ou post-apocalyptiques. Ici, on fait dans le design futuriste, les angles meurtriers ou la courbe détumescente, c'est selon. Daryl cherche *Pine Ridge*, forcément situé sur une crête arborée. Personne pour le renseigner, rues vides. La résidence des fantômes. Il parvient enfin à localiser l'endroit et freine devant un bunker blanc de quatre étages alternant plusieurs terrasses. Baies vitrées Polaroïd à auto-pigmentation réglée sur la puissance des UV. Jardin zen, avec ce qu'il faut de rosaces dessinées dans les gravillons, sans oublier les inévitables pierres levées. Bon.

Il met pied à terre, marche vers le portail. Un nom sur la boîte à lettres :

Maria-Fernanda de la Santificacion.

M-F.

Il appuie sur le bouton. Un long moment s'écoule avant qu'une voix lointaine dise « Oui ? »

— Je connais Maggie, lâche-t-il. Je m'occupe d'elle. Il faut qu'on parle. C'est très sérieux.

Il devine qu'on l'examine à la jumelle. Il lève la tête et sourit. Il sait qu'il est beau et que son sourire affole les nanas. Les filles aiment les beaux mecs, même quand ils sont tueurs en série.

— Je sais qui vous êtes, fait le haut-parleur. Entrez, c'est ouvert.

Un peu interloqué, il pousse le portail. Au bout du chemin, une porte blindée digne de la Réserve Bancaire Fédérale émet un déclic et s'entrebâille. Le seuil franchi, il pénètre dans une salle immense et nue si l'on excepte quelques fauteuils et canapés de cuir juchés sur des articulations d'arthropode mécanique. Une femme se tient là, grande et maigre, dans une robe d'intérieur noire. La peau d'une blancheur maladive, les cheveux argentés plaqués au gel. Yeux et bouche disproportionnés, un peu obscènes. Derrière elle, au mur, une affiche qui va du sol au plafond et représente une autre femme, tout à fois monstrueuse et belle, une sorte d'ogresse en tenue de soirée, en train d'éclater d'un rire menaçant, le regard chargé de fureur. Un personnage de BD jailli d'un Walhalla pour ados branchés dominatrices.

— C'est moi, explique Maria-Fernanda, il y a trente ans, quand je m'appelais encore Alta et que je faisais la pluie et le beau temps dans le domaine de l'Art.

— Vous me connaissez ? fait Daryl, peu désireux de s'embarquer dans les considérations nostalgiques d'une sexagénaire.

— Merde ! lâche la femme, frustrée de ne pouvoir étaler ses souvenirs. Vous sortez d'où ? Je suis comme vous, je bosse pour Wilhelm, autrement dit pour le *Consortium*.

D'un geste péremptoire, elle l'invite à prendre place sur l'un des canapés. Elle frime, mais Daryl la sent nerveuse, effrayée. Il y a de la peur en elle. D'un bloc de résine blanche qui se révèle être un bar, elle sort une bouteille de vodka polonaise et deux verres givrés. Elle fait le service avec la dextérité d'une barmaid pro, puis s'assied face à son invité.

— Qu'est-ce que vous voulez savoir ? J'étais l'agent artistique de Maggie, soupire-t-elle. Je me suis occupée de sa com' des années durant. À l'époque, c'était une jolie petite nana, hyper-sexy mais qui n'en avait pas conscience. Elle était uniquement branchée sur son « art ». Elle ne tâtait pas encore de l'OxyContin, du Dilaudid et de l'acide. Une exception dans un milieu où la coutume était de se défoncer un max pour, comment disaient-ils déjà, ces tarés ? Ah ! oui : *élargir son champ de conscience.*

— Mais elle avait du succès, non ?

— Non. Son truc des totems phalliques choquait les acheteurs potentiels. Ça se comprend, perso je trouvais ça dégueu. Des bites géantes. Qui a envie de reluquer ça toute la sainte journée ? Déjà, même quand on est excitée, c'est pas génial, alors là, plantée sur une pelouse, bien en vue !

— Je ne comprends pas, elle a été tout de même célèbre…

— Oui, mais grâce à une arnaque de grande ampleur. Tout a basculé quand Wilhelm, le patron du *Consortium*, a flashé sur elle à l'occasion d'une expo. Il avait trente ans, son négoce l'avait déjà rendu milliardaire en dollars. Du moins officieusement. Officiellement, il était producteur indépendant et propriétaire d'une chaîne de cinémas à travers tout le pays, ce qui lui permettait de projeter ses merdes sans rendre de compte aux compagnies de distribution. Il est tombé raide dingue de Maggie, si différente des putes qu'il avait l'habitude de fréquenter. Il s'est mis en tête de la courtiser à l'ancienne, et ça a marché. C'est là qu'il m'a demandé — je devrais plutôt dire *ordonné* — de la prendre en main et de la lancer.

— Mais ça a fait un flop…

— Exact, le produit était invendable, alors il a eu l'idée d'acheter clandestinement toutes les œuvres de Maggie. Pour lui, c'était facile, le fric ne comptait pas. Il a encore une fois ordonné à ses clients, à travers le monde, de se porter acquéreurs à des prix déments. Ça s'est su, et ça a fait grimper la cote des totems, artificiellement. Maggie était aux anges, elle flottait sur un nuage et se croyait l'égal de Michel Ange. Elle ne se rendait compte de rien. C'est là que Wilhelm a eu la plus mauvaise idée de sa vie, et que le beau rêve s'est changé en tragédie.

Maria-Fernanda s'interrompt le temps de remplir son verre et de le vider cul sec. Des perles de sueur allument des reflets sur ses tempes. Elle a de toute évidence envie de parler. Vider son sac devant un inconnu lui fait du bien, mais le nœud de terreur enfoui subsiste, Daryl n'a aucun mal à le repérer. Elle a peur de quelqu'un, pas de lui ni de Wilhelm, non, c'est de quelqu'un d'autre. De Maggie ? Non, il ne croit pas. Et encore moins de Manito. Alors ?

— Wilhelm, profitant de l'embellie, a décidé de lui faire un gosse, lance Maria-Fernanda. Et quand Wilhelm a décidé quelque chose, rien ne peut l'en empêcher. Maggie s'est retrouvée enceinte. La grossesse a été très pénible, sans doute parce qu'elle ne désirait pas cet enfant. Beaucoup de malaises, d'inconfort. Elle se traînait comme une baleine échouée sur une plage caillouteuse. Pas évident de l'aider. À cause de son ventre, elle n'arrivait plus à sculpter, et ça la minait. Elle piquait des crises nerveuses. Elle a commencé à prendre des cachetons en secret. Elle me téléphonait tout le temps pour savoir si la cote de ses fichus totems grimpait. Je mentais, sur ordre de Wilhelm, j'inventais des commandes mirifiques, des promesses d'expos à travers le monde.

— Vous lui bourriez le crâne, quoi.

— Ouais, mais le moyen de faire autrement ? On voit que vous n'avez jamais rencontré Wilhelm, sinon vous seriez moins arrogant. Attendez qu'il s'occupe de vous et vous changerez de ton. C'est un type charmant, mais impitoyable. Sa seule faiblesse, c'était Maggie.

— L'enfant est né ?

— Oui, une fille. Ils l'ont appelée Sawana.

— *Sawana ?* répète bêtement Daryl.

— Oui, élude Maria-Fernanda. Ça provient de je ne sais quelle mythologie indienne. Une déesse de quelque chose. Mi-louve mi-femme. Je ne me rappelle plus. C'est Maggie qui a choisi le prénom. Wilhelm n'aimait pas trop, il faisait la gueule sans toutefois oser protester. Il trouvait que ça sonnait *métèque*, ce sont ses propres termes.

Daryl est perplexe. Jusqu'à présent, il croyait que Maggie n'avait jamais eu d'enfant.

— La gosse a grandi, reprend Maria-Fernanda. Maggie ne s'en occupait pas. Son « art » la focalisait tout entière. La môme pleurnichait à la porte de l'atelier, c'était à vous fendre le cœur. Les nounous se succédaient, mais Sawana leur faisait une guerre terrible et elles finissaient toutes par démissionner. L'une d'elles a carrément perdu un œil quand Sawana lui a lancé un bol de céréales au visage. Bien sûr, Wilhelm a étouffé le scandale avec un gros chèque. Il adorait sa fille mais il était souvent absent, en voyage d'inspection des succursales du *Consortium* à travers le monde. C'était obligé, il fallait qu'il fasse sentir sa poigne et empêche tout relâchement. On tremblait devant lui. Il avait la faculté de se dédoubler : charmant devant les caméras lors des festivals cinématographiques, mais terrible dans son vrai boulot. Impitoyable. Les dépeçages de mecs suspendus au-dessus d'une baignoire ne lui faisaient pas peur, et il n'était pas le dernier à mettre la main à la pâte.

Maria-Fernanda se tait. Elle semble avoir perdu le fil de ses idées. Elle tend une oreille inquiète, comme si elle venait de repérer un bruit suspect dans la maison. Ses lèvres tremblent l'espace d'une seconde, puis elle se reprend. *Rassurée ?*

— Mais Maggie a fini par découvrir la vérité, c'est ça ? s'enquiert Daryl.

— Oui, un journaliste fouineur a démonté le mécanisme. Quelqu'un avait tout déballé, le système des faux-vrais-achats, la cote artificiellement gonflée. Wilhelm était désigné comme le principal responsable de la mascarade. Cette fois, Maggie a totalement disjoncté. Son monde s'écroulait. Tout était factice. J'ai eu peur qu'elle se suicide et que ça me retombe dessus, mais non, elle a eu une idée bien plus perverse. Elle s'est enfuie avec Sawana. Pas parce qu'elle aimait particulièrement cette gosse, mais pour en priver son mari qui, lui, en était dingue. Une vengeance. Assez moche. C'est là que, défoncée, elle est sortie de l'autoroute pour percuter un pylône. La bagnole a pris feu. C'est un miracle qu'on ait réussi à les extirper de l'épave. Maggie souffrait de plusieurs fractures du crâne et de brûlures aux jambes. Sawana, elle…

— Oui ?

— La pauvre gosse était passée au travers du pare-brise pour plonger carrément dans les flammes, elle avait le visage déchiqueté et le corps brûlé sur 50 % de sa surface. Horrible. Wilhelm a fait venir, en avion privé, les plus grands spécialistes de tous les coins de la planète. Il leur a promis la lune s'ils parvenaient à remettre sa fille en état. Sawana a subi des dizaines d'opérations, de greffes, de charcutages qui tantôt fonctionnaient, tantôt échouaient. Elle a passé cinq ans de cliniques privées en cliniques privées. Les toubibs grelottaient de trouille devant Wilhelm qui menaçait de s'en prendre à leurs propres gosses s'ils n'arrivaient pas à obtenir des résultats satisfaisants. Comme l'un d'eux se montrait arrogant, il lui a fait verser un litre d'acide sulfurique sur les pieds, comme ça, pour le motiver. Les autres ont aussitôt mis les bouchées doubles et obtenu des progrès notables.

— Et Maggie ?

— Maggie avait perdu la boule. Des zones entières de son cerveau avaient été lésées. Elle souffrait d'amnésie partielle incurable. Elle a commencé à s'inventer un passé, des trucs fictifs où elle mélangeait des souvenirs de lecture à des extraits de films. Elle est devenue la star de son propre roman, une star victime de la jalousie et d'obscurs complots. Elle confondait tout, le drame vécu dans son enfance et l'accident qu'elle venait de provoquer. Dans les deux cas, il était question de voitures incendiées, elle a tambouillé tout ça pour en sortir un conte à dormir debout dans lequel elle sauvait une fillette des flammes, une fillette qu'elle adoptait. C'était pathétique. Les psychiatres ont déclaré qu'il ne fallait espérer aucune amélioration, elle était trop abîmée et déjà atteinte de démence sénile. La dernière fois que je l'ai rencontrée, elle avait affreusement vieilli. Elle paraissait vingt ans de plus.

— Quel âge a-t-elle réellement ?

— Cinquante-cinq ans, mais elle en paraît soixante-quinze, si ce n'est davantage.

— Elle se clochardise. Elle a des crises d'agressivité pendant lesquelles elle insulte les passants. Heureusement, le shérif ferme les yeux.

Le silence s'installe. Maria-Fernanda remplit de nouveau les verres.

— Ainsi, vous vous occupez d'elle, fait-elle pour rompre une gêne qui devient palpable.

Daryl lui sert le discours qu'il a préparé : *Il avait besoin d'en savoir un peu plus pour être en mesure d'intervenir efficacement et ne pas commettre d'impair. Bla-bla-bla.*

Maria-Fernanda n'est pas dupe une seconde.

— Arrêtez la pompe à conneries, tranche-t-elle. Qu'est-ce que vous voulez savoir réellement ?

— Je sais qu'elle fuit quelqu'un, un incendiaire qui la poursuivrait à travers le pays pour mettre le feu à ses totems, lâche Daryl. Par commodité, beaucoup de gens ont choisi de croire qu'elle détruit elle-même ses œuvres et que l'incendiaire n'existe que dans son imagination, mais je voudrais en être certain.

Maria-Fernanda ferme brièvement les paupières.

— Vous avez raison de douter, murmure-t-elle. Quelqu'un la poursuit et essaie de lui faire du mal. C'est la vérité.

— Qui ? Les hommes de main de Wilhelm ?

— Non, Sawana, sa fille.

Daryl reste pétrifié.

— Wilhelm n'a pas cherché à se venger de Maggie, reprend Maria-Fernanda. Il avait conscience d'être en grande partie responsable de la tournure des événements. Sa femme était fragile, perturbée, hystérique, il était au courant. Il n'aurait pas dû truquer le jeu, mais c'était dans sa nature de forcer le cours des choses. Une fois qu'elle est sortie de clinique, il l'a laissée libre de ses mouvements en veillant à ce qu'elle ne manque pas d'argent. Tous les mois, son compte bancaire est crédité d'une somme non négligeable. Elle a vite cessé de consulter ses médecins, elle s'est lancée dans une vie de vagabondage. On a réussi à la fixer près du haras en lui vendant à bas prix un terrain qui appartenait en réalité à Wilhelm. C'était une façon de la tenir à l'œil. Avec le temps, son état mental s'est encore dégradé. Je lui ai souvent écrit, elle ne m'a jamais répondu.

— Je crois qu'elle n'a pas lu vos lettres, je les ai trouvées déchirées au fond d'un carton. Bénéficie-t-elle d'une protection rapprochée ?

— Non, Wilhelm a rappelé ses gardes du corps lorsqu'elle a essayé de les abattre à coups de fusils en les accusant de mettre le feu à ses totems. Il a décidé que ça suffisait, et il a refait sa vie.

— Et Sawana ?

— Il me l'a confiée. Je l'ai élevée, du moins j'ai essayé… et ça n'a pas été facile. Je ne prétendrai pas l'avoir fait par bonté d'âme. J'ai été grassement rétribuée pour cette corvée. Une corvée qui a vite pris un tour dangereux, et où j'ai plus d'une fois failli laisser ma peau.

— Enfant difficile ?

— C'est peu de le dire, mais elle avait des excuses. Son interminable séjour dans les cliniques, les opérations, la souffrance permanente des greffes, l'addiction aux opiacées, lui ont laissé des séquelles ineffaçables. Il a fallu lui refaire entièrement le visage, lui implanter une chevelure artificielle. Une facture de plusieurs millions de dollars, pour un résultat approximatif.

— Elle reste défigurée ?

— Pas au sens où on l'entend dans les films d'horreur produits par son père, non. Du point de vue médical, c'est même du très beau travail, les chirurgiens se sont surpassés. Non, le problème se situe au niveau du… *naturel.* Son visage est bizarre, artificiel à cause d'un défaut de motricité des muscles. Les nerfs sont morts, ils ne peuvent plus provoquer de contractions. Elle n'a pas de mimiques, d'expressions. C'est comme si on contemplait la tête d'un mannequin de plâtre dans une vitrine. Ou une statue, une statue vivante. Elle ne provoque pas la répulsion, non, plutôt une sorte de malaise. En face d'elle, j'ai souvent eu l'illusion de parler à un robot.

— Vous avez des photos d'elle ?

— Non. Elle avait horreur qu'on la photographie. Elle a détruit toutes les images la représentant, même celles de son dossier médical. Dans un sens, elle est jolie, jusqu'à ce qu'on s'aperçoive que ses traits sont figés, paralysés, et qu'elle s'exprime sans bouger les lèvres, comme les ventriloques. Ses cordes vocales, abîmées par la chaleur des flammes, lui donnent une voix bizarre, très grave, masculine. Il arrive qu'on la prenne pour un travelo, ce qui la met en rage. Chose qui n'est guère conseillée si l'on ne veut pas se faire arracher les yeux.

— Où vit-elle ? Elle a quel âge aujourd'hui ?

— Vingt-cinq ans. Elle a longtemps logé ici. Une cohabitation éprouvante pour moi, et pourtant j'ai l'habitude des caprices d'artiste. Au début, ça allait à peu près, puis ça s'est dégradé à l'adolescence : crises de violence, saccages. Elle ne sortait qu'à la nuit tombée, fréquentait des types louches, des bandes de punks et de junkies qui saccageaient les magasins, pillaient les pharmacies. Puis elle a commencé à cambrioler les villas, à incendier des voitures. Je ne pouvais pas l'en empêcher, j'avais peur d'elle, je l'avoue. J'ai prévenu Wilhelm, il n'a rien fait. Il avait tourné la page. Il se contentait désormais de régler les factures sans chipoter ou d'arranger le coup avec les flics quand Sawana déconnait trop. Les enveloppes, ça sert à ça.

— Et puis ça a empiré, n'est-ce pas ?

— Oui. À dix-huit ans, elle a brusquement cessé toute relation avec ses copains tarés. Elle a entamé un trip de haine, une fixette sur sa mère responsable de tous ses malheurs. Elle m'a tarabustée pour que je lui dise le maximum sur Maggie. Elle devenait violente, elle me foutait la trouille, vraiment. Une nuit, elle m'a dévoilé son plan : elle allait traquer sa mère pour la terroriser, détruire ses œuvres par le feu et, au final, la brûler vive.

Daryl déglutit. Ainsi Maggie ne délire pas quand elle affirme qu'on la harcèle.

— C'est donc Sawana qui fout le feu aux totems de Maggie… murmure-t-il.

— Oui, j'en ai averti Wilhelm. Je lui ai révélé les intentions de sa fille. Cette fois, il a consenti à coller deux gardes du corps aux basques de Maggie. Sawana les a repérés et égorgés. Tous les deux. Des mecs pourtant balèzes. Je suppose qu'ils ne l'ont même pas entendu approcher. Elle se déplace aussi silencieusement qu'un chat. Il vous arrivera la même chose, brusquement vous sentirez sa lame sur votre cou, et il sera trop tard. Elle tient ça de son père : un instinct de prédateur.

— Où vit-elle ? Pas ici toute même !

— Non, elle a disparu un beau jour en emportant deux valises d'argent liquide cachées dans la cave par Wilhelm, « au cas où... » Le genre de planques qu'il a multipliées à travers tout le pays.

— Combien ?

— Les valises contenaient quinze millions de dollars en coupures usagées. De l'argent blanchi. Avec ça, elle a de quoi tenir un bout de temps. Elle est quelque part dans la nature, probablement non loin de Maggie. Elle attend le moment propice pour passer à l'action. C'est devenu une idée fixe. La seule qui l'empêche de se suicider. Soyez très prudent, elle n'hésitera pas à tuer tous ceux qui se mettront en travers de son chemin. Croyez-moi, c'est un miracle que je sois encore vivante. Je n'ai jamais rencontré un tel concentré de haine.

Daryl se redresse.

— D'accord, fait-il, mais que fera Wilhelm si je la tue en état de légitime défense ?

— *Le ménage.* Il est très fort pour faire disparaître les corps. Celui de sa fille, le vôtre. Voire les deux. Cette histoire commence à lui peser, je crois qu'il aimerait tirer un trait dessus. Définitivement, peu importe la manière. Il a refait sa vie, il a deux autres enfants, charmants. Je me demande s'il ne craint pas que Sawana s'en prenne à eux et à leur mère. Vous mesurez le problème.

— Si je pige bien, vous me donnez licence de liquider Sawana ?

— Je ne vous donne rien du tout. Vous êtes un grand garçon, vous déciderez tout seul. Mais si vous survivez à l'épreuve, passez-moi un coup de fil, je préviendrai Wilhelm. Je suis sûr qu'il saura se montrer reconnaissant. Ça vous plairait de devenir le nouveau Maître d'écurie ?

Daryl prend congé, abasourdi, doutant de ce qu'il vient d'entendre. Ainsi les jours de Manito seraient d'ores et déjà comptés ?

SAWANA

Durant les trois heures du trajet de retour, Daryl reste en état second. C'est à peine s'il voit la route. Qu'on lui propose de devenir un tueur le fascine et le terrifie tout à la fois. Certes, il n'est pas naïf, il a conscience qu'à l'époque où — exerçant son « pouvoir » — il désignait des inconnus du doigt, il les condamnait à mort, mais ce n'était pas pareil. Il n'a jamais appuyé sur la détente. Il n'a été qu'un assassin par procuration, un juge déléguant la sale besogne à un subordonné puis s'en lavant les mains avec une parfaite mauvaise foi.

Là, on lui demande de franchir un pas décisif. Une fois qu'il aura mis le doigt dans l'engrenage, il y passera tout entier, c'est la règle. Néanmoins, ce danger le guette d'une manière ou d'une autre. Demain ou dans six, Manito cherchera à l'impliquer dans une sale affaire pour le tester, pour le compromettre à jamais. C'est inévitable. Jusqu'à présent il a réussi à passer entre les gouttes sans trop se mouiller, cela ne durera pas. Par ailleurs, si Manito est destitué, quelqu'un d'autre prendra les commandes, or tout changement de *leadership* implique la mise en place d'une nouvelle équipe. Daryl sera viré, voire éliminé de manière plus radicale, parce qu'il en sait trop et qu'on ne voudra pas courir le risque qu'il cède aux sirènes de la dénonciation pour se venger.

La tête bouillante, nerveusement épuisé, il arrive enfin au haras. Le ciel commence à se teinter de rouge. Il gagne son bungalow, prend une douche froide et se sert un bourbon en se préparant à une nuit d'insomnie.

Le lendemain, les traits tirés, il s'apprête à reprendre sa tournée d'inspection quand son téléphone se met à vibrer. C'est Manito.

— Viens tout de suite, lance le *caboclo*, laisse tomber ce que tu es train de faire. Quelqu'un veut te parler. Ça urge.

Daryl détecte une tension inhabituelle dans la voix du Maître d'écurie, voire de l'inquiétude.

Sans attendre, il prend le chemin de l'hacienda. Que se passe-t-il ? Il a déjà vu son patron en colère, en proie à la rage, mais jamais *angoissé*. Manito est un homme d'action, qui a l'habitude de réagir en explosant, c'est d'ailleurs là son principal défaut. Alors ?

Le métis l'attend sur le perron, tirant nerveusement sur son cigare, un gros téléphone satellite à la main. Daryl sait que cet appareil est crypté et émet sur une fréquence spéciale utilisant un réseau labyrinthique de relais chinois. On ne l'utilise que dans les grandes occasions, pour communiquer avec le *Consortium*. Manito le lui tend d'un geste brusque.

— Tiens ! chuchote-t-il, quelqu'un d'important veut te parler, fais pas le con.

— Qui ?

— Je ne sais pas. Il ne s'est pas présenté, mais ça vient directement du *Consortium*.

Daryl plaque l'engin contre sa joue et articule :

— Allô ?

— Bonjour Daryl, c'est Wilhelm, perçoit-il à travers les réverbérations d'un filtre déformant qui lui donne l'impression de parler à un robot. Ne dites rien, la ligne est a priori brouillée mais on n'est jamais trop prudent avec ces conneries d'applis informatiques. Je serai bref. Notre amie commune, Maria-Fernanda, vous a fait hier une… *suggestion* qui me séduit. J'aimerais que nous en discutions de façon approfondie, et faire votre connaissance. Je vous propose de nous rencontrer cet après-midi, vers quinze heures, chez elle, car l'endroit est sécurisé. Cela vous convient-il ?

— Oui, Monsieur, balbutie Daryl.

— C'est bien, approuve Wilhelm. Si nous tombons d'accord, vous ne le regretterez pas. Cette affaire compte énormément pour moi.

Puis il raccroche. Hébété, Daryl rend le téléphone à Manito qui l'observe, les sourcils froncés.

— C'était le patron, souffle le jeune homme.

— J'ai cru comprendre, grogne Manito. Qu'est-ce qu'il te veut, tu n'as pas déconné, j'espère ?

— Non, c'est en rapport avec Maggie, la vieille folle aux totems. Je crois qu'il veut que je la surveille de plus près. C'est quelqu'un de sa famille à ce que j'ai compris… une parente ou une amie.

— Ouais, fait Manito quelque peu rassuré. J'ai entendu des rumeurs là-dessus.

— Je dois le rencontrer aujourd'hui, il m'a fixé un rendez-vous, c'est aux cinq cents diables, ça va me prendre la journée.

— On peut t'y jeter en hélicoptère.

— Merci, non, j'ai peur que ça fasse prétentieux, je ne suis pas quelqu'un d'important.

— Ouais, t'as peut-être raison. Tiens-toi sur tes gardes, et fais gaffe à ce que tu dis, c'est pas un rigolo. Si tu lui déplais, il claque des doigts et tu disparais aussi sec de la surface de la Terre. Personnellement, je ne l'ai jamais rencontré, mais on m'a raconté des choses à faire dresser les cheveux sur la tête.

— Je sais, je serai prudent.

— J'espère, sinon ça me retombera dessus. Ne lui manque surtout pas de respect, il a horreur des mecs insolents. C'est un gars de la vieille école qui a su mener son bateau comme un chef. Bon, tu n'as qu'à prendre ta journée. Quand tu reviendras, viens me raconter comment ça s'est passé.

Daryl regagne son bungalow, un nœud au plexus. Pendant une heure il surfe sur internet, passant en revue les infos qu'il peut recueillir sur Wilhelm. Sur les photos récentes il apparaît en sexagénaire souriant, la chevelure grise abondante, des lunettes à monture de corne, le cou fort et des épaules de culturiste. Tantôt impeccable en costume Armani, tantôt en débraillé sur le tournage d'un film qu'il produit, généralement une merde pour ados pleine de couteaux, de tortures et de nanas à poil qui courent dans la nuit en appelant inutilement au secours, et dont les ronces lacèrent les vêtements aux endroits stratégiques. Daryl n'en a jamais vu un seul, mais il se rappelle qu'à la fac les profs disséquaient chaque plan de ces navets avec une délectation suspecte, y détectant des symboles qui n'étaient que la projection de leurs propres fantasmes.

Wilhelm apparaît le plus souvent escorté de sa (très) jeune compagne (Wendy, *starlette promise à un brillant avenir*) et de deux enfants si blonds, aux yeux si bleus, qu'ils ont davantage l'air d'androïdes que d'êtres humains. Aucune trace de Maggie. La page est définitivement tournée. Le bonhomme a dû ordonner qu'on fasse le ménage, qu'on efface ses pas. Nulle mention d'un premier mariage ou de l'accident dramatique. Il en va de même en qui concerne Sawana. Officiellement, elle a déjà cessé d'exister. Un tel travail de censure est impressionnant, surtout à l'âge d'internet. Il faut de l'argent et du pouvoir pour récurer ainsi, en profondeur. Il faut surtout être craint, et savoir clore la bouche des bavards.

Au demeurant le type a du charme à revendre ; il évoque ces stars masculines des années 50, toujours très propres sur elles, et qu'on peut voir à la télé, au *Late Nite Show*, dans des films en noir et blanc ou odieusement colorisés. Mais sa mâchoire de requin trahit sa nature de prédateur.

Daryl éteint l'ordinateur et va reprendre une douche. Il transpire trop, il n'aime pas ça. Même Manito dans ses pires moments ne lui a jamais fait cet effet-là.

« Tu vas rencontrer le Diable en personne ! » lui souffle une méchante petite voix intérieure.

Il regarde son glock 17, posé sur la table. Doit-il le prendre ? Non, sûrement pas ! De toute manière la maison sera entourée de gorilles qui le fouilleront à l'entrée.

Afin de se détendre, il décide de fumer un peu d'herbe. Il n'est pas fan de ces pratiques qui lui semblent tout droit conduire au toboggan infernal de l'addiction. Il a trop vu de gens l'emprunter. On commence par la fumette puis, très vite, ça ne vous fait plus grand-chose, alors on veut davantage. Un truc qui fasse vraiment planer. Les cachetons, puis la coke, l'héro…

Il allume un pétard et se cale dans un fauteuil. Une seconde plus tard, il comprend que c'est idiot, il va puer le H, Wilhelm le sentira, il en déduira que Daryl est une fiotte, un trouillard…

Il écrase le joint, aère la pièce… et va prendre une troisième douche.

La matinée se traîne comme un animal blessé. À onze heures, Daryl se rase et se change, optant pour une tenue anonyme. Il n'a toujours pas décidé ce qu'il va répondre au grand patron du *Consortium*. Il a peut-être eu tort de rouler des mécaniques devant

Maria-Fernanda. Il n'est pas sûr d'avoir envie de faire le grand saut dans l'inconnu. Pointer le doigt sur un inconnu et dire « lui ! » c'est une chose, utiliser ce même doigt pour presser la détente d'une arme, c'en est une autre.

À 11 h 30, il s'assied au volant d'un véhicule banalisé et prend la route. Il allume la radio, puis l'éteint car la musique l'agace. Il essaie de ne penser à rien, ce qui revient à penser à tout.

Deux heures plus tard, il s'arrête sur une aire de repos pour pisser. Les chiottes empestent, les graffitis sont immondes. Il ne s'attarde pas. Ce serait le comble s'il se faisait braquer par des loubards alors qu'il a rendez-vous avec un empereur du Crime Organisé ! L'ironie de la chose ! Il n'aurait pas l'air con, tiens !

Il arrive en avance à San Clemento. Il avise un *diner* plutôt pimpant sur la place principale. Prendre un café ? Non, il est déjà assez énervé. Un soda alors ? Dans ce patelin de vieillards on doit encore servir de la *root-beer*, non ?

Il consulte sa montre. Il prend conscience qu'en s'attardant dans sa voiture arrêtée il attire l'attention des rares promeneurs. Pas bon. Il redémarre et s'engage sur le chemin de la crête couronnée de pins.

Il se dit que tout ça se présente assez mal mais qu'il est trop tard pour reculer. « Il ne fallait pas frimer, mon gars ! » ricane la petite voix sous son crâne.

Le bunker aux parois blanches se dessine enfin au bout de la route, avec son jardin zen. Daryl se penche à la portière, appuie sur le bouton de l'interphone et dit :

— Bonjour, c'est moi, Daryl.

— OK, fait Wilhelm. J'ouvre, rejoins-moi au premier, je suis avec Maria-Fernanda.

Le portail coulisse sur son rail, silencieusement. Aucun gorille en vue, mais Wilhelm est malin, les mecs sont probablement planqués derrière les arbres, flingues de sniper calés au creux de l'épaule, suivant les moindres mouvements de Daryl dans leur lunette de visée.

Le jeune homme met pied à terre. La porte d'entrée blindée s'entrebâille à son tour. Le hall aux canapés de cuir blanc est désert.

— Monte, gamin, insiste Wilhelm. L'escalier à ta droite, on s'est installés dans une pièce sécurisée.

La voix provient de la mezzanine qui fait le tour du hall, dix mètres au-dessus de Daryl. Et soudain, une chose inattendue arrive... *le titillement.* Le foutu signal d'alarme transmis par l'instinct.

Daryl se fige. C'est la voix. Un truc dans la voix que son « pouvoir » a détecté, comme lors des tests passés à la fac. Une vibration noire, ténébreuse... telle une onde toxique qui lui pourrirait le nerf auditif. Et puis, tout de suite après, l'odeur du sang, ténue mais indéniable. Elle s'élève d'une minuscule goutte coagulée sur le sol, à vingt centimètres de son pied gauche. Une goutte de la grosseur d'une tête d'épingle mais qui pue autant qu'un charnier à ciel ouvert. C'est… c'est le sang de Maria-Fernanda.

Alors, une silhouette surgit sur la mezzanine. Mince et féminine, les cheveux cachés sous une casquette de base-ball. La femme brandit un gros pistolet automatique, bras tendus en position réglementaire, mains jointes sur la crosse. D'une voix d'homme, elle dit :

— Alors, tu te décides, connard ?

Elle a parlé avec la voix de Wilhelm. Ou du moins ce que Daryl imaginait être la voix de Wilhelm. Et soudain il comprend.

— Sawana… bredouille-t-il.

— Exact, ricane la jeune femme en pressant la détente.

Heureusement, elle a commis l'erreur de choisir une arme trop puissante dont elle maîtrise mal le recul. Le canon s'est relevé au départ du coup, le projectile frôle la tête de Daryl qui, émergeant de sa stupeur, bondit en arrière et saute dans le jardin. Sawana fait de nouveau feu sans l'atteindre. Daryl se glisse dans sa voiture et recule en toute hâte pour effectuer un demi-tour en catastrophe sur la route. Les pneus hurlent, imprimant sur le sol de larges empreintes de gomme brûlée.

Le pied au plancher, il dévale Pine Ridge au mépris de toute prudence. Dans le rétroviseur, il entrevoit la silhouette de Sawana, debout près de la grille. Il rentre instinctivement la tête dans les épaules, persuadé qu'elle va encore tirer, mais elle renonce, il est hors de portée.

Pendant vingt minutes, il conduit comme un fou, vérifiant sans cesse que Sawana ne le poursuit pas. Quand il manque d'écraser un chien qui traversait la route, il se calme un peu.

Bon sang ! il s'est fait posséder comme un bleu. Maria-Fernanda lui avait pourtant dit que les cordes vocales de Sawana avaient été lésées par l'incendie ! Néanmoins, il ne lui serait jamais venu à l'esprit qu'elle puisse s'exprimer avec une voix aussi masculine !

Elle l'a bien eu. Il ignore comment elle a su que Maria-Fernanda lançait un contrat sur sa tête, mais elle a réagi à la vitesse de l'éclair. Se doutait-elle de quelque chose ? A-t-elle posé des micros ? Pourquoi pas ? C'est à la portée d'un gosse de douze ans.

Il n'a pas eu le temps de distinguer son visage. Il n'a vu que le canon du pistolet. Un .45 *Military Model*, une arme trop lourde pour une femme si bras et poignets ne sont pas convenablement musclés. Trop de recul. À trois mètres de distance, elle ne l'aurait pas manqué, mais là où elle était perchée, c'était moins sûr.

Une chose est certaine, elle a tué Maria-Fernanda, et remontée à bloc, liquidera probablement Maggie dans les heures qui viennent. Daryl prend conscience qu'il va devoir mettre la vieille folle à l'abri. La connaissant, ce ne sera pas facile.

Peu à peu, au fil du trajet, il recouvre son calme. Il a conscience qu'il ne peut appeler personne à la rescousse, pas davantage Manito que la fausse indienne

Ichika. Trop d'explications à donner… Quant à leur faire confiance, cela relèverait de la naïveté.

Alors ? Damian ? Sa mère ? Il ignore comment les joindre. Non, il doit se débrouiller seul.

Sur la grande route, des voitures le doublent, plus puissantes, si rapides qu'il n'a pas le temps d'identifier leurs conducteurs. Sawana est-elle au volant de l'une d'elles ? Si c'est le cas, elle arrivera avant lui et aura amplement le temps de tuer Maggie.

Il crispe les mains sur le volant. La rage a chassé la peur, il se sent mieux, offensif.

Le temps s'écoule lentement. Daryl n'ose dépasser la limite de vitesse légale à cause des flics à moto embusqués aux carrefours. Toujours se méfier d'eux. Ils s'emmerdent et doivent assurer un certain quota de procès-verbaux, ce qui les incite à faire du zèle.

Quand il atteint enfin Pueblo Quito, il roule direct jusqu'à la propriété de la vieille folle et freine à cinquante centimètres de la barrière. Sans prendre le temps de fermer la portière, il court jusqu'au mobil-home dans lequel il pénètre, oubliant de s'annoncer.

— Maggie, halète-t-il, il faut que vous veniez avec moi, vite, le temps presse, vous êtes en danger.

— Salaud ! hurle la vieille femme. Tu crois que je ne vois pas clair dans ton jeu ? Tu veux m'assassiner !

Elle plonge la main dans le tiroir de son buffet, l'en ressort armée d'un Walther PPK et fait feu.

Daryl a l'impression qu'on vient de lui jeter une boule de bowling en pleine poitrine. Il recule, se prend les pieds dans le tapis élimé et bascule en arrière, se meurtrissant les reins sur le marchepied. Il n'a pas encore mal mais voit le sang tacher sa chemise. Maggie ne l'a pas raté. Il roule dans la suie du sol, au pied des totems calcinés. C'est seulement alors que la douleur lui coupe la respiration. Il voit Maggie s'avancer au seuil du camping-car, l'arme brandie, dans l'intention de lui donner le coup de grâce. Alors qu'il se prépare à mourir, une grosse femme surgit dans son champ de vision, bouscule Maggie et lui arrache le pistolet sans ménagement.

Avant de s'évanouir, Daryl a juste le temps de reconnaître Olga, la serveuse russe de la *cantina*.

OLGA

Quand il émerge, il découvre qu'il gît à poil sur un lit inconnu, dans une chambre dont il n'a pas le souvenir. Un bandage serré lui bloque l'épaule et le bras gauche. Du sang a traversé le tissu. La douleur est sourde, irradiant à travers ses pectoraux. Il devine qu'au moindre mouvement elle se réveillera, mieux vaut la laisser dormir.

Ichika est assise à son chevet, occupée à ranger divers instruments chirurgicaux dans une trousse médicale de type militaire.

— Reste tranquille, ordonne-t-elle, il faut qu'on parle. Il y a pas mal de choses à mettre au point.

Au même moment la porte s'ouvre, laissant passer Olga qui, contrairement à son habitude, ne sourit plus.

— Comment va-t-il ? s'enquiert-elle auprès d'Ichika.

Elle n'a aucun accent russe et ne roule plus les « r ».

— Ça va, répond Ichika. Il n'y aura pas d'hémorragie s'il ne gigote pas. J'ai fait ce que je pouvais.

— Tant mieux, fait Olga. On n'a pas le temps de l'emmener à l'hôpital et je préfère qu'il ne retourne pas au haras. Pas avec ce qui se prépare.

Puis elle se plante au pied du lit, elle tient un téléphone satellite crypté dans une main et dans l'autre une page arrachée à un annuaire téléphonique.

— Bon, dit-elle en fixant Daryl dans les yeux. Je me présente, Olga Mikovsky, agent spécial du FBI en mission d'infiltration. Ichika, que vous connaissez bien, est mon indicatrice depuis trois ans. Elle joue les taupes au haras et à l'intérieur du groupe des faux Indiens Wataphas. C'est clair ?

— Vous racontez n'importe quoi… souffle Daryl.

— Pas du tout, et c'est facile à vérifier. Voici un téléphone crypté grâce auquel vous allez pouvoir entrer en liaison avec le bureau fédéral dont le numéro figure sur cette page d'annuaire. Un numéro que la plupart des gens connaissent par cœur au demeurant, mais peut-être pas vous. Lorsque vous serez en ligne, vous demanderez à être mis en contact avec Isaac Mox, mon superviseur, en précisant qu'il s'agit d'une procédure d'identification. Il vous confirmera ce que je viens de vous dire. Grouillez-vous, on a du boulot.

Ichika aide Daryl à se redresser et lui tient le téléphone tandis qu'il pianote le numéro. Après trois minutes d'attente, un homme au ton sec lui confirme qu'il est effectivement entre les mains d'un agent fédéral assermenté qui peut, le cas échéant, le placer en détention. La menace est claire, ainsi que l'accusation de complicité dans un trafic de stupéfiants à grande échelle.

— OK, soupire Daryl en rendant l'appareil à la grosse femme. Allez-y, j'écoute, mais sachez que Maggie est en danger, sa fille ne va pas tarder à venir la tuer. Elle est folle à lier.

— On sait tout ça, coupe Olga. C'est la gosse de Wilhelm V.K., le chef du *Consortium*. C'est bien regrettable mais on n'a pas le temps de s'occuper d'elle. Ça regarde la police locale. Je ne peux pas brûler ma couverture en intervenant. D'autant plus que votre shérif émarge chez Manito.

— Avant d'aller plus loin, réplique Daryl, sachez que j'appartiens au *Service*. Je suis moi aussi un agent assermenté, et l'on peut me considérer en mission d'infiltration. Ma mère vous le confirmera. Je pense qu'elle ne va pas tarder à vous contacter.

Olga se permet un ricanement déplaisant.

— Mon pauvre petit bonhomme, lâche-t-elle, vous êtes d'une naïveté charmante. Le *Service* n'a aucune existence légale. À nos yeux, c'est au mieux une secte, au pire un groupement terroriste. Je dirai qu'il s'agit d'une milice clandestine qui se loue au plus offrant. Des mercenaires peu soucieux de morale qui peuvent tout aussi bien organiser des attentats que des enlèvements.

— Mais, ma mère… balbutie Daryl.

— Allons ! secouez-vous ! Vous avez rencontré une femme d'un certain âge qui a prétendu être votre mère mais, en l'absence de preuve ADN, il est fort possible qu'elle vous ait joué la comédie.

— Damian, son assistant…

— Encore une fois, vous déconnez. Damian est son chef. Damian est l'un des principaux patrons du *Service*. Ils vous ont contacté pour nous prendre de vitesse, avant qu'Ichika ne vous mette au courant de ce qui se prépare et ne vous demande de collaborer avec nous en échange d'une amnistie.

— Mais les Wataphas, proteste le jeune homme. Ce sont bien de faux Indiens qui travaillent pour le Cartel du Cacique ?

— Oui, confirme Ichika. Ça, c'est réel. C'est pour cette raison que je les ai infiltrés. À l'origine, il y avait bien une vraie tribu indienne, mais les hommes du Cartel en ont éliminé les représentants un par un, pour prendre leur place. Comme personne ne s'intéresse aux Indigènes dissidents, on n'y a vu que du feu. Mais l'important c'est que le *Service* a été engagé pour les diriger. Ta… « mère » et ce Damian sont là pour les commander et planifier l'assaut qu'ils vont mener contre le haras. Il s'agit d'une opération de grande envergure. Le Cartel ne cesse de leur envoyer des hommes qui, pour l'instant, campent dans les cavernes de la sierra, là où les mustangs sacrés sont censés se cacher.

— À l'heure actuelle, on estime qu'ils sont trois cents, intervient Olga. Et lourdement armés. Ils veulent s'emparer des installations sans les détruire, pour en prendre le contrôle et s'attribuer le marché.

— OK, soupire Daryl, mais, dans ce cas, c'est à l'armée et au FBI de gérer le bordel. Ils n'ont qu'à envoyer des troupes, les Marines, ce genre de truc.

— Ouais, grogne Olga. Dans un monde idéal c'est ce qu'on ferait. Mais je n'ai pas réussi à obtenir le feu vert de mes supérieurs. La chaîne de commandement est bloquée. On refuse de me prendre au sérieux, on m'accuse de délirer, d'exagérer la menace pour me donner de l'importance. En réalité, le Cartel a acheté certains hauts fonctionnaires pour qu'ils accréditent cette rumeur. Vous connaissez les hommes politiques, ils craignent les pétards foireux. Une intervention d'envergure qui échoue, et c'est la convocation devant le Congrès. La carrière compromise…

Daryl n'écoute plus. Il a mal. Il ne sait plus qui croire. Le *Service*, le FBI ? Sa mère, Olga, Ichika ?

Il pense à Maggie que Sawana va assassiner. Il décide que c'est le seul combat qui l'intéresse. Que les autres se démerdent entre eux. La vieille folle, il va la sauver contre son gré, *ouais !*

— Donnez-moi mes fringues, ordonne-t-il. Vos histoires, je n'en ai rien à battre. Que le Cartel et le Consortium s'étripent si ça leur chante. Pourquoi voulez-vous empêcher ça ? Les prisons sont déjà pleines à craquer.

— Vous déconnez ! s'emporte Olga. Ça va être une véritable conflagration, la ville sera prise entre deux feux, au beau milieu du champ de bataille, et entièrement détruite, des centaines d'habitants seront tués.

— Allons ! rigole Daryl. Les habitants ? Ma pauvre dame, mais ils sont tous corrompus. Ils savent parfaitement ce qui se trame au haras et ils en profitent depuis des années. Manito achète grassement leur silence en payant les études de leurs enfants, les frais médicaux de leurs familles, et je ne parle pas des voitures, des vacances en hôtel cinq étoiles, des croisières de luxe… Il n'y a aucun innocent ici. La « guerre » comme vous dîtes, leur ouvrira peut-être les yeux. D'ailleurs, que le haras soit dirigé par le *Consortium* ou par le Cartel ils s'en foutent pourvu qu'on continue à les caresser dans le sens du poil. Filez-moi mon pantalon, et vite. De toute manière vous n'êtes pas en mesure de m'arrêter. Si je sors d'ici menotté, le shérif bondira sur son téléphone pour prévenir Manito et, dans les cinq minutes qui suivront, vous serez encerclée par quinze vigiles armés de fusils d'assaut. Je suis intouchable, alors arrêtez de m'emmerder et rendez-moi mon caleçon que j'aille sauver cette vieille cinglée de Maggie.

— Connard, lâche Olga.

— Cassez-vous, ordonne Daryl. Vous l'avez dans l'os et vous le savez. Merci quand même d'avoir empêché Maggie de me coller une balle dans la tête.

Olga, furibonde, sort en claquant la porte.

Daryl se tourne vers Ichika et lance :

— Aide-moi à m'habiller, on n'a plus beaucoup de temps. Il faut se tirer avant que la fiesta ne commence.

La jeune femme hésite, puis se décide à obéir. Elle n'est visiblement pas emballée à l'idée de se retrouver au milieu d'une guerre de gangs.

À peu près décent, Daryl descend précautionneusement l'escalier.

— Dans ta trousse médicale, murmure-t-il à l'adresse d'Ichika, tu as des anesthésiants, n'est-ce pas ?

— Oui.

— Tu vas en remplir une seringue que tu cacheras dans ta poche. Ensuite, tu iras rendre visite à Maggie, pour t'assurer qu'elle va bien. Elle t'apprécie, elle ne te fera aucun mal. Dès que tu pourras, injecte-lui le produit. Lorsqu'elle sera dans les vaps, on l'embarquera loin d'ici.

Ichika écarquille les yeux puis, au terme d'une brève hésitation, hoche affirmativement la tête.

— C'est bon, soupire Daryl, on y va.

La jeune femme procède aux préparatifs. Son habileté témoigne d'une longue habitude des injections. Daryl préfère ne pas savoir où ni comment elle l'a acquise. La seringue remplie, elle la dissimule dans la poche ventrale de son sweater rose de jogging.

— Tu sais que c'est risqué ? souligne-t-elle. Elle est vieille, elle peut ne pas se réveiller.

— Si Sawana s'occupe d'elle, elle aura encore moins de chance de se réveiller. Tu peux me croire, c'est la folie personnifiée, la déesse de la mort.

— Comme tu voudras, capitule Ichika.

Ils quittent la maison sans qu'Olga ne tente de les intercepter.

Une fois dans la rue, Daryl est pris de vertige et doit s'adosser à un mur.

— Tu as perdu beaucoup de sang, diagnostique Ichika. Je t'ai rafistolé comme j'ai pu, mais je ne suis pas médecin. J'ai appris sur le tas.

— Où ça ?

— Avec mon père, il bossait pour la Triade du Troisième dragon bleu. L'opium. Il était souvent blessé. J'avais dix ans. Il disait qu'il n'avait confiance qu'en moi. Il répétait : « Ne pense pas que c'est de la viande, fais comme si tu reprisais une chaussette. »

Ils se remettent en route. Quand ils arrivent en vue du mobil-home, Ichika ordonne à Daryl de rester caché. La voiture du jeune homme est toujours devant la roulotte, portière grande ouverte.

— Je ne suis pas sûre que ça va marcher, murmure Ichika. Quand elle est en crise, Maggie devient méfiante, elle va peut-être me tirer dessus.

— Non, elle t'aime bien. Joue-lui la scène de la fille adoptive inquiète, puisque c'est ce qu'elle attend de toi.

— Ça me gêne, je n'aime pas lui mentir.

— OK, alors laisse Sawana s'occuper d'elle. Je peux t'assurer que ça ne la gênera pas, elle, de la brûler vive après l'avoir arrosée d'essence.

Ichika marmonne une injure et, abandonnant Daryl, marche vers le camping-car. Escaladant le marchepied, elle frappe prudemment à la porte.

— Maggie, c'est moi, Ichika, entend Daryl. Je viens voir comment tu vas.

Elle entre.

Il n'y a plus qu'à attendre. Daryl ferme les yeux. Il est trempé de sueurs froides et se sent mal. Depuis qu'il a commencé à bouger, la douleur dans sa poitrine est devenue plus forte. Il se demande ce qui lui a pris de se mêler de cette histoire, après tout Maggie ne lui est rien. Est-ce qu'il aurait tenté de la sauver pour se faire bien voir d'Ichika qui, elle, éprouve pour la vieille cinglée un bizarre attachement ? Ce n'est pas impossible. Il songe qu'il ferait mieux de grimper dans sa voiture et de foncer jusqu'au haras. Le Prof' s'occuperait de lui. Pourquoi hésite-t-il encore ? Le problème, c'est qu'il se sent abominablement fatigué. Entrouvrant sa chemise, il s'aperçoit qu'il a recommencé à saigner et qu'une tache rouge s'élargit sur le pansement. Merde ! Est-ce qu'il va finir aussi connement ? Tué par une vieillarde psychotique…

La porte du mobil-home s'ouvre, laissant passer Ichika qui s'acharne à traîner le corps inerte de Maggie. Daryl se décolle du mur et titube jusqu'à la voiture. Il esquisse un geste pour aider la jeune femme, elle le rabroue :

— Arrête de gigoter ! J'y arriverai toute seule. Tu es en train de faire craquer tes sutures. Elle n'est pas lourde, elle n'a que la peau sur les os. Assieds-toi du côté passager avant de tomber en syncope, tu es tout pâle. Je vais conduire.

Daryl n'a pas l'énergie de protester. Il obéit, taraudé par une horrible envie de vomir. Il tremble à l'idée de se donner en spectacle.

Ichika allonge Maggie sur la banquette arrière. La vieille est agitée de spasmes nerveux, comme en ont les chiens qui rêvent. Elle offre un spectacle pitoyable. Elle rappelle à Daryl certaines épaves humaines qu'il a vu dormir dans des cartons, à Los Angeles. Des types en loques qui se saoulaient au dégivrant pour moteur. C'est d'autant plus délirant qu'il sait de source sûre qu'elle dispose d'un compte en banque bien garni.

Ichika se glisse derrière le volant.

— J'ai récupéré son arme, dit-elle, et une boîte de cinquante cartouches, on ne sait jamais. C'est du petit calibre. Tu as eu de la chance. Je ne sais pas si ça suffira à stopper Sawana, surtout si elle a un gilet pare-balles.

Elle met le contact, manœuvre avec habileté et lance le véhicule vers la sortie de la ville.

— Tu comptes aller où ? s'inquiète Daryl. Pas chez tes copains Wataphas, j'espère.

— Non. Dans la sierra. Il y a un endroit pas très connu. Les randonneurs ne s'y risquent jamais parce qu'il a la réputation d'être contaminé par les radiations nucléaires, mais c'est des conneries. C'est un peu une ville fantôme en réduction. L'Armée l'utilisait comme camp d'entraînement à la guerre urbaine pour familiariser les G.I. aux manœuvres de rue. Ça s'appelait Zero City.

— Jamais entendu parler.

— Non, c'est tombé dans l'oubli. Un jour, ils ont cessé de l'utiliser. Les écolos conspirationnistes affirment que c'est parce qu'au cours d'un exercice en scaphandre de protection, ils ont fait péter une minibombe nucléaire par accident. Depuis, plus personne n'y met les pieds.

— Et c'est là qu'on va ?

— Oui. Tout autour, c'est le désert. Si Sawana tente de nous poursuivre, on la verra arriver de loin. Je me suis aménagé une planque là-bas. En cas de besoin.

Daryl digère l'information. Il déteste se sentir affaibli, malade, lui qui n'a jamais attrapé la grippe de toute son existence.

— Pourquoi m'aides-tu ? demande-t-il au bout d'un moment.

— Je ne t'aide pas, réplique la jeune femme avec, dans la voix, quelque chose qui ressemble à du mépris. J'aime bien Maggie, et puis…

— Et puis ?

— D'une part, j'en avais marre de la tyrannie d'Olga ; d'autre part, je ne veux pas me retrouver au beau milieu d'une guerre entre Cartels. Ça va être un carnage. J'ai vu ce qu'ils ont stocké dans les cavernes. Un véritable arsenal. On dirait qu'ils se préparent à envahir l'Irak. Des mortiers, des missiles, des RPG. Sans compter les armes automatiques, les mitrailleuses lourdes.

— Manito est, lui aussi, bien équipé.

— Je sais, et c'est ce qui me terrifie. La ville va être rasée. Et comme on est dans le trou du cul du monde, personne aux alentours ne s'en rendra compte avant longtemps. La Garde Nationale n'interviendra pas, pas plus que le FBI, le SWAT ou la DEA, ça va uniquement se régler entre barons de la drogue.

La voiture a quitté la route principale, à présent elle roule dans le désert, au milieu des rochers et des cactus candélabres. La climatisation peine à maintenir une fraîcheur acceptable. Maggie dort toujours.

— T'inquiète pas, lâche Ichika. Elle en a pour douze heures minimum. En revanche, pas question de remettre ça quand elle se réveillera. À son âge, ce serait dangereux. Quand on sera arrivés, je referai ton pansement. L'emmerdant, ce sont les antibiotiques, je n'en ai pas tellement.

Daryl a chaud, sans pouvoir déterminer si c'est dû à la climatisation défaillante ou à la fièvre. Il a l'impression de rouler depuis des heures.

— Olga a déconné, grommelle la jeune femme. Elle a voulu s'attaquer à quelque chose qui la dépasse pour se faire valoir auprès de ses chefs et prendre du galon. J'ai risqué ma peau pour elle, j'ai failli dix fois me faire coincer, tantôt par Manito, tantôt par Big-Mouth.

— Tu as couché avec Big-Mouth ? ne peut s'empêcher de demander Daryl.

— Qu'est-ce que tu crois ! ricane Ichika. Et pas seulement avec lui. J'ai servi de pute à toute la « tribu », il fallait bien que je me les attache d'une manière ou d'une autre. Ces types, ce sont des bouchers, des liquidateurs qui ont l'habitude de se débarrasser de leurs ennemis à la tronçonneuse. Hommes, femmes, enfants, ça ne leur fait ni chaud ni froid. Olga m'a expédiée dans leurs pattes sans se poser de problème de conscience. Elle me répétait : « Tu choisis, ma belle, soit tu t'infiltres, soit tu pars direct pour la prison d'état ! »

— Et Manito ?

— Non, Manito est à moitié Indien, il croit aux légendes, la vierge sacrée, le cheval des ténèbres… C'est dans sa culture, il n'y voit pas malice. Mais bon, j'ai également pris de gros risques au haras. Je fouillais trop, je copiais des plans, des documents. J'aurais pu me faire prendre la main dans le sac. Mais le moyen de faire autrement, hein ? Ils étaient tous sur mon dos : Olga, Big-Mouth. Quelle merde !

— Il y a tout de même un truc que je ne pige pas, objecte Daryl. Pourquoi, si tu es des leurs, Damian et ma mère se sont-ils évertués à te décrire comme une ennemie lorsqu'ils sont venus me voir à l'hôpital, après les morsures de serpents ?

— Réfléchis un peu, siffle Ichika sur un ton excédé. Ils savaient que tu refuserais de trahir Manito et de bosser pour le Cacique. En revanche, ils étaient certains que tu accepterais de réintégrer le *Service*, puisque c'est là que tu as connu ton heure de gloire. De cette manière, tu n'étais plus un sale traître mais un agent infiltré en mission. Ça te permettait de conserver une image positive de toi-même. Damian est très fort pour ce genre d'entourloupe psychologique.

— Tout de même, quel bénéfice pour eux ? Je ne leur servais pas à grand-chose puisque tu leur avais déjà communiqué tout ce qu'il y avait à savoir sur les systèmes de défense du haras.

— Tu es con ou quoi ? Leur but secret, c'était justement que tu ne sois pas présent au haras lors de la bataille finale, que tu n'y sois pas massacré. Damian est toujours amoureux de toi, quant à la femme aux cheveux gris, si elle est réellement ta mère, je suppose qu'elle a voulu te sauver la vie.

Daryl ferme les yeux. Les cahots se répercutent dans sa blessure, le bombardant d'éclats de souffrance. Et c'est chaque fois comme si on lui enfonçait un clou dans l'épaule. Il a envie de tousser mais se retient, il a peur de cracher du sang.

Tout à coup, une ombre énorme les survole.

Un hélicoptère. Turbine silencieuse, ils ne l'ont pas entendu venir.

— C'est Manito ! balbutie Daryl. Il nous a retrouvés.

— Mais non, corrige Ichika, qui a passé la tête par la vitre latérale. C'est pas le Mu-28.

Elle doit ralentir car l'hélico a de toute évidence l'intention de leur couper la route. C'est un appareil sans immatriculation, un engin d'assaut, lourdement armé. Après les avoir dépassés, il se pose à cinquante mètres devant eux. Quand le rotor se met en pause, le tourbillon de sable qu'il brassait retombe peu à peu.

— C'est quoi, cette merde ? souffle la jeune femme d'un ton angoissé.

— Sans doute le FBI, soupire Daryl. Olga a dû les prévenir.

Un homme casqué, en treillis, descend de l'appareil et traverse le brouillard de poussière. Il défait la mentonnière de son casque, l'ôte, révélant un visage maigre auquel d'énormes lunettes donnent un regard de hibou.

— *Damian…* souffle Daryl.

Damian s'approche lentement de la voiture. Avec son treillis, son gilet pare-balles, son étui à revolver, il a l'air d'un gamin déguisé pour Halloween. Daryl ne parvient pas à le prendre au sérieux.

— Qu'est-ce que tu fous ici ? s'enquiert Damian en se penchant vers Ichika. Il était prévu que tu restes avec Big-Mouth jusqu'au bout...

Alors, seulement, il aperçoit Daryl momifié dans son bandage taché de sang. Ichika entreprend de lui servir une version allégée des événements.

— Je le mets en sécurité, conclut-elle. J'ai pensé que vous n'auriez pas envie de le laisser là-bas, avec ce qui se prépare. J'ai eu tort ?

— Non, bien sûr, maugrée Damian sans qu'on puisse déterminer s'il livre le fond de sa pensée. Où allez-vous ?

— À Zero City.

— Ouais, bonne idée. De quoi avez-vous besoin ?

— Un radiotéléphone, une trousse d'urgence médicale, des rations de survie, c'est possible ?

— Pas de problème. Je vous fais porter ça. Et un conseil : restez planqués là-bas quoi qu'il arrive. (Puis, s'adressant à Daryl, il ajoute :) Tiens bon la rampe, vieux. Je viendrai te récupérer quand tout sera réglé. Et débrouille-toi pour rester en vie sinon ta mère me coupera les couilles.

Il s'éloigne. Cinq minutes plus tard, un Mexicain en tenue de combat dépose deux sac à dos devant le pare-chocs de la voiture.

Quand l'hélicoptère décolle, Ichika pousse un soupir de soulagement.

— J'ai cru qu'il allait me tuer, murmure-t-elle. Et c'est ce qu'il aurait fait si tu n'avais pas été là.

— Damian ? s'esclaffe Daryl. Allons donc !

Ichika lui jette un étrange regard.

— On voit que tu ne le connais pas, fait-elle en ouvrant la portière pour aller récupérer les sacs.

Avant de les charger dans le coffre, elle en fait rapidement l'inventaire.

— C'est bon, conclut-elle, on a de quoi tenir quelques jours de plus… mais il n'y a ni armes ni munitions. Prudent, ton copain.

Elle met le contact, de toute évidence inquiète.

— Alors, risque Daryl, tu le connais depuis quand, Damian ?

— Un bon moment, élude la jeune femme. Il venait au campement, la nuit. C'est un grand ami de Big-Mouth. Tous les deux, ils adorent les parties à trois. J'ai souvent été conviée à partager leurs amusements. Ça te suffit comme explication ?

Daryl se tasse sur son siège, mortifié. Il s'étonne d'avoir été aveugle à ce point. Pourquoi son fameux « instinct animal » est-il resté muet en face d'Ichika ?

Parce qu'il n'a pas voulu l'écouter, peut-être…

— On arrive, annonce enfin la conductrice. Regarde sur ta droite, tu vas voir une vieille clôture de barbelés et des panneaux d'avertissement plantés par les écolos.

Daryl tourne la tête. Effectivement, il ne tarde pas à repérer des pancartes maladroites représentant des têtes de mort. Des inscriptions s'y étalent, rendues presque illisibles par le soleil :

Zone d'empoisonnement militaire ! N'approchez pas !
Cimetière contaminé, à fuir !
Taux de radiations mortel, tirez-vous !
Bienvenue à Cancer-City...

— Ne t'affole pas, grommelle Ichika. J'ai passé le coin au compteur Geiger. La radioactivité est tolérable. On ne risque rien si on n'y emménage pas pour six mois.

Daryl demeure silencieux, trop épuisé pour tenter de se montrer sarcastique.

ZERO CITY

La ville factice est une imbrication de cubes délimitant un labyrinthe de ruelles aussi étroites que tortueuses. Sa géographie évoque une agglomération orientale, avec ses terrasses contiguës séparées par de minces venelles qu'on peut franchir d'un saut. Les fenêtres sont étroites, masquées par des moucharabiehs. Çà et là, une échoppe, un bazar où une quincaillerie à deux sous disparaît sous une couche de sable qui ne cesse d'épaissir. Un jour, le désert aura digéré cette aberration architecturale que personne n'a jamais habitée. Les parois blanches sont criblées d'impacts.

— Exercices à balles réelles, explique Ichika. Il paraît qu'ils envoyaient les unités d'élite s'entraîner ici en prévision de *Desert Storm*. Je ne sais pas si c'est vrai. On va s'installer dans la baraque la plus élevée. C'est là que j'ai installé mon campement. De la terrasse, on peut surveiller le désert jusqu'à la ligne d'horizon. Si Sawana se pointe, on la repérera aussitôt.

— Pas si elle s'amène de nuit.

— Si. Pareil. La nuit, les sons portent loin. On entend un crotale agiter ses sonnettes à trois kilomètres. Et crois-moi, c'est difficile de marcher dans le sable sans le faire crisser. Si elle vient, on le saura pourvu qu'on monte la garde.

Daryl la juge excessivement optimiste. Il a honte de se l'avouer, mais Sawana lui fait peur. Il ne cesse de la revoir, mince et noire sur la mezzanine. Le colt braqué. Ce qui le terrifie, c'est ce visage qu'il a cru ne pas avoir remarqué sur l'instant. Ou plutôt cette *absence* de visage, figé, inhumain. Un masque de peau inerte, une bouche aux lèvres immobiles, une voix qui venait du ventre, caverneuse, déformée.

Il ne cesse de se répéter qu'ils ne seront pas de taille contre elle. Brusquement, elle sera là, sortie de nulle part, et elle les tuera, sans une hésitation. Une machine.

— Qu'est-ce que tu fous ? s'impatiente Ichika. On est arrivés, bouge !

Ils pénètrent dans la maison qui a été décorée de manière à créer une atmosphère orientale : tapis, plateau de cuivre, narguilé. On a voulu que les soldats s'habituent à cet environnement, le mémorisent pour être capables de s'y orienter d'instinct. Encore une fois, le sable et la poussière ont tout recouvert.

Ichika s'occupe de transporter Maggie sur son dos, l'allonge sur un sofa et l'enveloppe dans une couverture bariolée.

— Les tranquillisants font baisser la température corporelle, croit-elle utile d'expliquer. On a toujours froid. Je ne veux pas qu'elle attrape la crève, surtout qu'on va se les geler dès le coucher du soleil. C'est ça, le désert.

Durant l'heure qui suit, ils organisent leur campement à l'étage du dessus. Ichika n'a pas exagéré, elle a presque tout prévu : matelas pneumatiques, sacs de couchage, réchaud à gaz, lampes-tempêtes et rations de survie. Dans un coin : une montagne de bidons d'eau de vingt litres chacun.

— Je savais que ça me serait utile un jour, dit-elle avec fierté. J'ai même un compteur Geiger. Quand je l'allume, il ne crépite pas trop.

— Combien de temps avant qu'on ne commence à perdre nos cheveux ? ricane Daryl.

La jeune femme hausse les épaules. Dans la lumière rasante qui tombe des fenêtres, elle paraît plus âgée, dépouillée de son déguisement d'éternelle lolita. Elle ne joue plus la comédie de la reine du bal de promo.

— Allonge-toi, ordonne-t-elle. Je vais refaire ton pansement et te poser des agrafes si les sutures ont sauté. Et puis tu vas prendre des antibiotiques, deux comprimés toutes les deux heures. J'espère que ça suffira.

Ce qui suit n'est guère plaisant pour Daryl, mais il serre les dents. Il veut être en forme pour accueillir Sawana.

— Le flingue de Maggie, lance-t-il une fois les soins terminés. Passe-le moi.

— Non, grogne Ichika. Tu as la fièvre, tes mains tremblent. Si tu tires, tu rateras ta cible… en plus, je suis sûrement meilleure que toi à ce jeu-là.

Il n'a pas le courage d'insister, il se couche.

— Dors, ordonne la jeune femme. Il y a des amphètes dans la trousse de Damian. Je vais en prendre pour monter la garde. Avec ça, je suis certaine de garder l'œil ouvert. La nuit, on ne peut pas rouler phares éteints dans le désert, ce serait courir le risque de se planter dans une crevasse ou un arroyo asséché. Si Sawana se pointe, elle devra utiliser ses lumières. C'est ça qu'il faut guetter parce que c'est ça qui la trahira.

Daryl capitule. La fièvre grimpe en flèche. Il a peur. Au haras, il a vu des types mourir de septicémie à la suite d'une blessure mal soignée. Il sait que ça peut aller vite. Très vite.

* *
*

Il est soudain réveillé, sans grand ménagement, par une Ichika en pleine crise d'angoisse. Elle brandit le radiotéléphone remis par Damian et hurle des mots que Daryl ne comprend pas.

— Quoi ? fait-il sur le même ton. Calme-toi ! Articule !

— C'est Damian, balbutie-t-elle, le souffle court. Il vient d'appeler. *Wilhelm est mort.*

— Quoi ?

— Wilhelm est mort avec sa femme et ses deux gosses. À Los Angeles. Ils revenaient d'une soirée donnée par l'un de ses acteurs, du côté de Mulholland drive, dans les collines. Un camion fou a percuté sa voiture, l'expédiant dans le ravin. La voiture a pris feu. Ils ont grillé avant de pouvoir en sortir. On n'a pas retrouvé le chauffeur du camion, qui avait été volé la veille…

— C'est une exécution en règle, constate Daryl en se redressant avec précaution sur un coude. Le Cartel du Cacique a voulu décapiter le *Consortium*. Ou alors…

— Je sais à quoi tu penses, murmure Ichika. Sawana ?

— Oui. Maria-Fernanda, l'ex-agent artistique de Maggie m'a dit que Wilhelm craignait que Sawana ne s'en prenne à sa nouvelle famille. Elle s'est peut-être lancée dans un grand nettoyage… Il ne lui reste plus qu'à liquider Maggie pour que sa vengeance soit complète.

— C'est dingue.

— Elle *est* dingue.

La jeune femme pose le radiotéléphone sur la table basse.

— Possible aussi que le Cartel ait voulu désorienter le Consortium en le privant de son chef suprême, énonce-t-elle. Du coup, Manito va se retrouver en état de faiblesse. Il ne peut compter que sur lui-même. On ne lui enverra pas de renforts. La guerre de succession va commencer, et elle occupera tellement les prétendants qu'ils ne se soucieront pas de ce qui se passe au haras.

— C'est une hypothèse qui se tient, admet Daryl. Mais on doit continuer à envisager que Sawana soit peut-être derrière cette exécution. D'autant plus qu'une fois sa mère morte, elle héritera de la totalité de l'empire construit par son père puisqu'elle est sa fille légitime.

— Et elle deviendrait la nouvelle patronne du *Consortium ?* Si elle a su combiner tout ça, c'est qu'elle n'est pas aussi folle que tu le prétends.

Ils se dévisagent en silence, hésitant sur la marche à suivre. Ils ont tous deux conscience que les événements se précipitent. Qu'elle soit folle ou non, Sawana va liquider Maggie, c'est une évidence. Sa vengeance accomplie, elle pourra repartir sur des bases « saines ».

— Si elle était à minuit à L.A., elle peut sans problème être ici dans quelques heures, fait observer Ichika.

— Ne délirons pas, objecte Daryl. Comment saura-t-elle que nous sommes planqués dans cette espèce de ville fantôme à la con ? Quelqu'un est-il au courant que tu t'y es installé une planque ?

— Non, pas que je sache. Mais Olga a pu le découvrir... En fait, je ne sais plus à qui me fier. On nous a vus prendre la route du désert, Sawana peut donc chercher de ce côté-là. Zero City figure sur les anciennes cartes. Elle y est répertoriée comme périmètre militaire interdit. Même si on a le Q.I. d'une boîte en carton, on peut facilement en déduire que c'est la planque rêvée pour des fuyards.

— Pas faux, admet Daryl, que cette démonstration ne rassure pas.

La jeune femme étouffe un bâillement.

— J'ai passé la nuit sur la terrasse, marmonne-t-elle. Les amphètes ne font plus effet, je suis crevée. Il faut que je dorme. Tu vas grimper là-haut et prendre ton tour de garde, il fait toujours nuit, on n'y voit rien, mais guette la moindre lueur. Ne t'endors pas. Je vais descendre voir Maggie. Elle ne va plus tarder à se réveiller. J'espère qu'elle ne va pas piquer sa crise. Et toi, comment te sens-tu ?

— Pas trop mal, la fièvre est tombée et j'ai moins mal.

Au terme d'une brève hésitation, Ichika sort le Walther PPK de sa poche et le tend à Daryl.

— Tiens, dit-elle, on se sait jamais. Si tu repères quelque chose de suspect tire en l'air, ça me réveillera.

Le jeune homme se redresse avec précaution. Empoignant la bouteille d'eau, il avale une nouvelle dose d'antibiotiques et d'analgésiques. Il fait encore froid et l'obscurité règne ; hélas, dès l'aube, la ville fantôme se changera en fournaise.

Ichika descend au rez-de-chaussée, bâillant à s'en décrocher la mâchoire.

Alors que Daryl pose le pied sur la première marche de l'escalier menant à la terrasse, un hurlement le paralyse. C'est Ichika :

— Maggie a foutu le camp ! Elle s'est tirée à pied dans le désert.

— Bon sang ! gronde Daryl. Tu ne l'as pas vue quand tu étais sur la terrasse ?

— Non, elle a dû filer pendant que j'étais au téléphone et que nous parlions.

— Je croyais qu'elle devait dormir douze heures !

— Moi aussi, mais elle a tellement l'habitude des tranquillisants que le produit a cessé de faire effet plus tôt que prévu. Amène-toi ! Il faut la rattraper.

Daryl descend en clopinant. Il hésite entre la rage et le soulagement. Il doit résister à la tentation d'abandonner la vieille à son sort. La vilaine petite voix qui lui parle de temps en temps lui explique que, plus Maggie s'éloigne de lui, plus la menace représentée par Sawana en fait autant ! Être débarrassé de Maggie, c'est être également débarrassé de sa dingue de fille !

Il est tenté de le suggérer à Ichika, mais y renonce à l'ultime seconde, effrayé par le mépris qu'il pourrait lire dans son regard. Déjà, la jeune femme est dehors, installée au volant de la voiture. La nuit, tenace, tarde à se dissiper. Si Maggie trotte au hasard, ils auront le plus grand mal à la localiser tant qu'elle n'entrera pas dans le halo des phares. Des phares qui, au demeurant, ne portent pas si loin…

Quand Daryl la rejoint, elle souffle :

— On a eu de la chance, j'avais gardé les clefs de contact, sinon elle aurait piqué la bagnole.

Daryl s'assied sur le siège du passager, couvant le secret espoir que la voiture ne démarre pas.

— Elle ne peut pas être très loin, fait Ichika en démarrant.

— Quand as-tu quitté la terrasse ?

— Il y a une heure environ… peut-être un peu plus. Merde, je ne sais plus, je crois que je me suis endormie à deux reprises, c'est la sonnerie du téléphone qui m'a réveillée.

— Et combien de temps as-tu dormi là-haut ?

— Une heure, peut-être davantage, *je ne sais pas !* C'était la première fois que je jouais les sentinelles.

— Donc, on peut estimer que Maggie a deux ou trois heures d'avance sur nous. Ça représente une trotte. Dix kilomètres ? Sur terrain plat, elle se déplace assez vite, elle ne peine que dans les côtes.

Alors que la jeune femme s'apprête à tourner la clef de contact, Daryl lui saisit le poignet.

— Non, lance-t-il. Attends ! C'est une ruse. Elle n'est pas partie dans le désert en pleine nuit, ce serait idiot... *elle s'est cachée dans la ville !*

Ichika s'immobilise.

— Bon sang ! chuinte-t-elle, tu pourrais bien avoir raison. Elle est quelque part dans l'un des bâtiments.

— Mais oui, je pense que sa première idée était de piquer la bagnole, mais quand elle a vu que les clefs n'étaient pas sur le contact, elle est partie se planquer. Elle doit encore s'imaginer qu'on lui veut du mal, que j'ai fini par te pervertir ou je ne sais quoi.

Ichika retire les clefs pour les ranger dans sa poche.

Une fois de plus, Daryl est tenté de lui crier : « Cassons-nous pendant que nous le pouvons encore ! Tu ne comprends pas que Maggie va nous faire tuer ? Sawana ne laissera aucun témoin derrière elle. »

Ichika quitte le véhicule.

— Reste là, décide-t-elle, tu n'es pas en état de courir de maison en maison. Je vais essayer de la retrouver. De toute manière, elle refuserait de t'écouter, elle ne te fait pas confiance. Je suis la seule à pouvoir la convaincre.

Après avoir récupéré une torche dans la planque, elle s'enfonce dans le lacis des ruelles.

Daryl ne bouge pas. C'est vrai qu'il n'est pas en état de galoper au milieu des ruines, et de toute façon la motivation lui fait défaut.

Il est atterré par la façon dont le piège se referme sur lui, un piège dans lequel il a foncé tête baissée. Rien de tout cela ne se serait produit s'il n'avait pas eu l'idée stupide d'aller voir Maria-Fernanda.

Il a suffi d'une simple visite pour précipiter les choses. Car, d'une manière ou d'une autre, Sawana a eu connaissance de la conversation qui a suivi et du contrat dont elle ferait bientôt l'objet. En conséquence de quoi, elle a décidé d'appliquer l'indémodable précepte : la meilleure défense, c'est l'attaque.

Quelle déveine !

MAGGIE

Maggie court dans la nuit, de toute la vitesse dont elle est encore capable, indifférente aux douleurs que l'arthrose vrille dans ses articulations. Quand elle a repris conscience, le voile s'est déchiré. Tout lui est revenu, d'un bloc. Elle a aussitôt songé à ces boules d'acier suspendues à une chaîne, qu'on utilise pour abattre les vieux bâtiments. Elle a accusé le choc.

Le processus s'est enclenché quand Ichika l'a trahie. Ou plutôt quand Ichika lui a planté cette seringue dans le cou. Alors tout a volé en éclats, les faux-semblants, les mensonges, la comédie qu'elle s'était jouée à elle-même durant tant d'années.

Les pièces éparses se sont rassemblées. Tout lui a été restitué, en vrac : Wilhelm, son mariage, le complot qu'il a orchestré avec Alta, les faux achats, sa célébrité de pacotille, sa vie en toc… Et surtout Sawana, sa fille. Plus exactement la fille chérie de Wilhelm que, par désir de vengeance, elle a voulu kidnapper. Et puis l'accident… Le feu. Et le reste.

Tout ce qu'elle a choisi d'occulter, d'oublier, de confondre en un sale méli-mélo. Non, elle n'a jamais sauvé Ichika d'un incendie, pas plus qu'elle ne l'a élevée. Pure invention, camouflage, paravent de la mémoire. Ni fille légitime ni fille adoptive, au vrai elle n'est la mère de personne, rien qu'une folle murée dans une prison de faux souvenirs. Elle est sa propre geôlière et ses seuls enfants se réduisent à une ribambelle de totems absurdes, hideux, que personne n'a jamais admirés.

On l'a trompée, et elle s'est faite complice d'une comédie qui lui convenait, qui la glorifiait. Elle n'a jamais cherché à approfondir, à sortir de la zone de confort où mitonnait son bonheur.

Juste avant de s'enfuir, elle a entendu Ichika annoncer l'assassinat de Wilhelm. Le timing est parfait, la parenthèse se referme. Elle sait qu'elle va mourir elle aussi, il ne peut en aller autrement. Alors elle court, elle court… Non pas pour fuir la mort comme on pourrait le croire, mais pour se précipiter à sa rencontre.

MANITO

Manito roule sur lui-même pour s'extirper du hamac. Il émerge à l'instant d'un cauchemar absurde et son cœur bat à tout rompre. C'est rare chez lui, et il choisit d'y voir un avertissement obscur, un signal d'alarme émis par son instinct. Quelque chose va arriver, un danger s'approche.

À moitié nu, il se saisit de sa machette fétiche et descend rapidement à la salle de contrôle, là où une multitude d'écrans recueillent les images transmises par les centaines de caméras thermiques implantées sur le périmètre du domaine.

Les préposés à la surveillance sursautent en l'apercevant, persuadés qu'il vient les décapiter. Mais Manito ne leur accorde aucune attention et va d'un écran à l'autre, scrutant les images fantomatiques des prises de vues infrarouges. Çà et là, des animaux se faufilent, coyotes ou chiens de prairie ; apparemment, tout va bien, mais Manito n'est pas convaincu. À force d'obstination il finit par discerner des formes humaines dont le comportement suggère une volonté de dissimulation. *Un commando…* Non, pas un, plusieurs, qui vont tenter de s'ouvrir un passage dans le grillage de clôture.

— Envoyez le courant au maximum, ordonne-t-il, et sonnez l'alarme. On est attaqués.

Il n'est pas trop surpris, cela devait arriver.

— Patron, ose souligner l'un des gars, vous savez qu'on ne peut pas maintenir la force maximum plus de trente minutes d'affilée sinon l'installation saute...

— Fais ce que je te dis, gronde Manito. Il ne faut pas qu'ils entrent.

Se laissant tomber dans un fauteuil à roulettes, il s'installe devant un clavier qu'il déverrouille au moyen de la clef suspendue à son cou avec d'autres amulettes.

Ce processus l'autorise à relever le capot en verre blindé protégeant un clavier numérique. Ce clavier, lorsqu'on y pianote le code adéquat, active à distance les champs de mines installés en deçà de la clôture, à l'intérieur du domaine.

Tout le monde l'ignore, mais la propriété — si l'on fait exception d'un quadrilatère central bien délimité incluant les écuries et les divers bâtiments — n'est en fait qu'un immense champ de mines. En temps normal, les explosifs enterrés sont inertes, désactivés, et l'on peut y poser le pied sans courir le risque d'être aussitôt réduit en miettes. Il en va tout autrement quand le code que Manito s'apprête à taper les enclenche.

Le Maître d'écurie espère que cela suffira à repousser les assaillants qui ne s'attendent sûrement pas à un tel accueil.

Dix minutes plus tard, il déchante car les premières explosions retentissent, détruisant la plupart des caméras. Il comprend ce qui se passe : l'ennemi utilise des mortiers pour s'ouvrir un passage à travers le champ de mines. Les obus, en faisant sauter les charges, vont creuser un sentier qui permettra aux commandos de progresser jusqu'aux bâtiments.

Il est évident que quelqu'un les a renseignés, leur révélant l'existence des zones minées. Un espion infiltré, un traître. Qui ? Il est trop tard pour s'en préoccuper.

Décrochant le téléphone, Manito entre en communication avec le Prof' qui ne quitte jamais le laboratoire.

— On est attaqués, annonce-t-il au vétérinaire. Il se peut qu'on soit submergés. Je veux que tu te prépares à détruire tes installations. Il est hors de question que ces salauds s'emparent de ta technologie. Quand je te l'ordonnerai, rassemble tes documents, lance le compte à rebours et retrouve-moi à l'hélicoptère. Pigé ?

— Pas de problème, répond froidement le Prof'. Et les écuries ?

— Même chose, fais-les sauter. On n'en est pas encore là mais tiens-toi prêt. Je n'ai aucune idée de leur puissance de feu.

LE SEPTIÈME JOUR

Perdu dans ses pensées, Daryl ne s'est pas rendu compte qu'Ichika s'est lancée à la recherche de Maggie. Il l'entend appeler dans le dédale des ruelles de Zero City.

— Maggie ? Maggie ? C'est moi… Reviens…

Il hésite. Certes, il n'a pas les clefs, mais il sait comment faire démarrer une voiture en utilisant les fils qui serpentent sous le tableau de bord. Il pourrait employer cette méthode pour prendre le large.

Pourquoi n'en profite-t-il pas ? À cause d'Ichika ? Ou d'une certaine idée qu'il se fait de lui-même ?

Tout cela est trop compliqué, et la fièvre qui revient à l'assaut l'empêche de réfléchir.

Un long moment s'écoule avant qu'Ichika ne réapparaisse, en sueur, hors d'haleine, les cheveux collés aux joues.

— Je ne l'ai pas trouvée, halète-t-elle, soit elle est passée experte en camouflage, soit elle est bel et bien partie dans le désert. Si c'est le cas, on a perdu une heure de plus à cause de ton idée à la con ! Cette fois, on y va.

L'aube se lève à peine, la visibilité n'excède pas dix mètres. Daryl jette un coup d'œil à la jauge du tableau de bord.

— On n'a plus des masses d'essence, souligne-t-il. Avec toutes ces histoires j'ai oublié de faire le plein.

— J'ai deux jerricans en réserve dans la baraque, rétorque la jeune femme. Je vais en chercher un.

Elle fait l'aller-retour au pas de course, Daryl l'entend fourrer le bidon dans le coffre mais ne se retourne pas. Bouger lui fait trop mal. Il se maudit d'avoir oublié les analgésiques.

Il n'ose solliciter Ichika qui semble à cran. Ils démarrent. Le véhicule cahote pour s'extirper du labyrinthe des venelles. C'est une banale voiture de ville, nullement conçue pour les terrains accidentés, sa suspension souffre et ne le cache pas.

Le soleil se lève enfin. D'ici un quart d'heure, il tapera dur, chauffant le sable comme une plaque de tôle.

— Tu vois quelque chose ? s'enquiert Daryl.

— Non, grogne la jeune femme. Qu'est-ce que tu t'imagines ? Que parce que je joue les squaws, je possède un œil d'aigle ? En réalité, je suis même plutôt myope. Quand je vivais à L.A., je portais des lunettes, mais ici, ça cadrait plutôt mal avec mon rôle. J'ai essayé les lentilles, mais avec le vent de poussière c'était une horreur.

Elle parle trop, pour masquer sa nervosité. Daryl scrute l'horizon en se répétant que Maggie, victime de l'épuisement, a peut-être perdu connaissance… Ou bien qu'elle est tombée dans une crevasse. De toute façon, d'ici une demi-heure la chaleur va faire vibrer l'air et créer des mirages. Ils auront l'illusion d'être entourés de nappes d'eau ou de flaques d'huile, c'est courant. Simple réfraction de la lumière, mais qui rendra tout repérage hasardeux.

Une explosion les fait sursauter, aussitôt suivie de coups de feu lointains et de ce qui ressemble à un pilonnage d'artillerie.

— Merde ! jure Ichika. Ça y est ! ils passent à l'attaque. La bataille a commencé.

Déjà, une colonne de fumée grimpe vers les nuages et le vent rabat l'odeur irritante des explosifs. Daryl prend conscience qu'il n'avait jamais réellement cru à cette bataille rangée dont on lui serinait l'imminence. Le crépitement des armes automatiques tisse un fond sonore ininterrompu. Tout à coup, deux hélicoptères s'élèvent et se poursuivent. Probablement s'agit-il du Mu-28 de Manito et de celui de Damian. À cette distance, Daryl ne peut les identifier. Ils vont et viennent, telles deux libellules en folie qui cracheraient le feu. Ils disparaissent derrière les montagnes, puis reviennent, tantôt volant en altitude tantôt rasant le sol avec des vrombissements effrayants. Les balles traçantes inscrivent des centaines de sillons dans les airs, ratent leur cible et, en fin de course, font exploser les rochers ou s'ébouler les parois millénaires des canyons environnants.

Daryl tremble à l'idée que la voiture puisse devenir la cible accidentelle de ce mitraillage. La puissance des canons est telle qu'ils seraient déchiquetés en une seconde. Morceaux de viande et débris de tôle mêlés en un horrible ragoût.

— Freine ! hurle-t-il. Manito risque de croire qu'on essaye de rejoindre les mecs du Cartel ! Arrête-toi, si on cesse de bouger, on sera moins repérables.

Ichika obéit. Très pâle, bouche ouverte, elle suit le ballet infernal des hélicoptères tandis qu'au-delà des collines les panaches de fumée se multiplient et que le pilonnage des mortiers bat le tambour. Ses phalanges, crispées sur le volant, sont blanches.

— Olga avait raison, murmure-t-elle. Ils ont donné l'assaut. Ils sont en train de détruire la ville.

Les hélicos s'éloignent enfin pour mener leur danse mortelle à la verticale du haras. Quand il tend l'oreille, Daryl croit repérer, mêlés au fracas des armes automatiques, les hennissements de terreur des chevaux prisonniers des stalles. Il les imagine sans mal, décochant des ruades forcenées pour se libérer des boxes, associant les explosions au bruit du tonnerre dont ils ont une peur maladive.

S'ils sortent des écuries, ils seront fauchés par la grêle de balles des assaillants.

Il est de plus en plus évident que le Cartel a échoué à prendre le contrôle du haras par surprise, comme c'était son intention première. Manito, alerté par l'exécution de Wilhelm, a su prendre les devants et mettre le domaine en défense.

— *Là!* hurle Ichika. Maggie!

Daryl écarquille les yeux, incrédule. Mais la jeune femme a raison, Maggie est bien là, trottinant dans la sierra trois cents mètres plus loin. Distraits par le combat aérien, ils ne l'ont pas repérée alors qu'elle était sous leur nez. Indifférente au cataclysme, la vieille folle avance obstinément en direction de la ville, pressée de rejoindre son camping-car et ses totems. Murée dans ses obsessions.

— Démarre! ordonne Daryl. On la récupère et on retourne à Zero City en attendant que ça se tasse.

Ichika met le contact mais cale. La voiture refuse de démarrer, la poussière a encrassé le filtre à air. Le moteur s'est étouffé.

Daryl enrage, il est sur point de proférer une insulte quand le sol se met à trembler. Un martèlement lointain qui se diffuse dans la carrosserie et s'amplifie de seconde en seconde. Un séisme? Possible, cela se produit de temps en temps en raison de la proximité de la faille de San Andreas. Le martèlement devient de plus en plus fort, il se situe… derrière le véhicule, comme s'il provenait de l'autre bout du désert et se propageait à la façon d'un tsunami, énorme vague roulante qui engloutit tout. Daryl regarde par-dessus son épaule. Il voit le nuage de poussière qui barre la ligne d'horizon et se rue vers lui. Des silhouettes s'y agitent, galopent… *Galopent?*

Puis les mustangs émergent du brouillard jaune, innombrables, courant flanc contre flanc, crinière au vent. Un grand cheval, plus noir que la nuit, mène le troupeau, à la façon d'un chef de guerre conduisant ses armées à l'assaut.

Un frisson de terreur superstitieuse secoue le jeune homme. À côté de lui, Ichika reste pétrifiée, bouche béante, les mains inutilement tendues pour se protéger du choc à venir.

— Le… *le Cheval de la Nuit…* balbutie-t-elle.

Daryl se cramponne au siège, comme il le ferait à bord d'un avion qui perd de l'altitude et va s'écraser. D'où sortent ces chevaux ? À n'en pas douter, les hennissements en provenance du haras les ont alertés, ils volent au secours de leurs congénères comme… comme dans la légende du septième jour qu'on n'a cessé de lui rabâcher depuis son arrivée au domaine.

Le vacarme lui fait péter la tête. Il a l'impression d'être prisonnier d'un tambour sur lequel un taré frapperait de toutes ses forces. La voiture tremble. Il se recroqueville. Ça y est, le troupeau les entoure, déferle, bousculant le véhicule. Les flancs des animaux frottent contre l'acier des portières. Certains mustangs sautent par-dessus le véhicule immobile et leurs sabots, en heurtant le toit, y impriment de profondes entailles.

Le capot est pareillement malmené, défoncé. Le pare-brise s'étoile, explose en une myriade de débris. Le nuage de poussière envahit l'automobile, étouffant les passagers, les aveuglant.

La vague s'éloigne enfin, bondissant par-dessus les crevasses et les arroyos asséchés sans jamais ralentir sa progression insensée.

Daryl et Ichika toussent, à demi-asphyxiés par la tourmente. Ils doivent attendre que le brouillard se dissipe pour recouvrer leur souffle.

La jeune femme tâtonne pour récupérer une bouteille d'eau sur la banquette arrière. Elle boit goulûment avant de s'asperger le visage et de passer la bouteille à son compagnon qui l'imite.

Durant une minute, ils toussent et crachent une salive épaisse et jaune. Daryl a entendu des soldats raconter qu'en Orient les tempêtes de sable étaient si denses qu'on pouvait mourir étouffé en quelques minutes, les poumons remplis de poussière. Ils surnommaient cela « la noyade sèche ».

— Bon Dieu ! coasse-t-il. C'était quoi, ça ?

Ichika secoua la tête. Un débris de pare-brise lui a entaillé la pommette droite, elle saigne.

— Je ne sais pas, lâche-t-elle. On avait signalé un troupeau de chevaux sauvages, mais plus loin au nord… et…

Elle se tait, ses pupilles se dilatent sous l'effet de l'effroi, et elle hurle :

— *Maggie !*

Daryl grimace. Il l'avait oubliée, celle-là. Elle se trouvait en plein sur le trajet du troupeau, ce serait un miracle qu'elle s'en soit sortie.

— Il faut aller voir ! insiste Ichika. Elle a peut-être réussi à s'abriter derrière un rocher ou a se glisser dans une crevasse…

Elle s'élance, Daryl lui emboîte le pas. Il n'y croit guère et se prépare à un spectacle déplaisant. Il n'a pas tort. Cent mètres plus loin, le cadavre de la vieille femme est encastré dans le sol, laminé par les centaines de sabots qui l'ont foulé. Ichika se détourne et vomit.

Après s'être essuyé la bouche, elle gémit :

— On ne peut pas la laisser là.

— On ne peut pas non plus la ramasser, objecte Daryl, réaliste. Elle n'a plus un os entier dans tout corps. Elle va partir en morceaux si on la touche. Le shérif s'en occupera, c'est son job… du moins s'il est encore vivant.

— Salaud, crache Ichika.

— Si ça te soulage, élude le jeune homme.

En réalité, il éprouve une certaine honte à mesurer le soulagement qui l'envahit. Mais, avec la mort de Maggie, le spectre redouté de Sawana s'éloigne enfin.

— Viens, soupire-t-il, il faut aller voir ce qui se passe au haras. Les coups de feu ont cessé. La bataille est finie. On ne peut pas rester plantés là, les chevaux vont peut-être faire demi-tour.

La menace semble ramener Ichika à la raison.

— Je ne sais pas si la bagnole marche encore, fait-elle. Le capot a encaissé de sacrés coups de sabots.

Ils reviennent sur leurs pas. Daryl fait tomber le pare-chocs qui pend lamentablement mais ne parvient pas à soulever le capot enfoncé.

— Essaye de démarrer, lance-t-il sans y croire.

Par chance, le moteur répond à la sollicitation. Il embarque sans attendre, inquiet à la perspective d'un retour du troupeau.

— On s'arrêtera à la périphérie de la ville, décide-t-il, le temps de voir qui a gagné le match.

Ichika ne répond pas, elle manœuvre pour contourner la dépouille de Maggie au-dessus de laquelle les vautours commencent à tournoyer.

— C'est dégueulasse, marmonne-t-elle.

— On n'a pas le choix, grogne Daryl. On est loin d'être sortis du bain. On verra ça plus tard.

Ils roulent en silence une trentaine de minutes. La voiture donne des signes de faiblesse. Le moteur émet des bruits sinistres.

Au détour d'un amas de roches, ils découvrent la carcasse carbonisée d'un hélicoptère. Les pales tordues font de lui un insecte géant, renversé sur le dos, les pattes figées en une dernière gesticulation.

— Ce n'est pas celui de Manito, constate la jeune femme.

— Arrête-toi, ordonne Daryl.

Il descend, s'approche de l'épave. Damian est là, sanglé sur son siège. Son visage est à demi carbonisé, ses fameuses lunettes de « hibou » ont fondu. Les montures, en dégoulinant, se sont fossilisées sur ses joues en épaisses larmes dorées.

Daryl voudrait demeurer insensible mais n'y parvient pas vraiment. Damian, c'était sa jeunesse, l'époque où il était encore si naïf. *Merde.*

Alors qu'il pivote sur ses talons, il surprend le regard d'Ichika. Il comprend qu'elle lutte contre l'envie de redémarrer et de l'abandonner là, au milieu du désert, à la merci des chevaux fous. Elle voudrait venger Maggie.

Daryl hésite à faire un pas de plus. Il sent que la décision de la jeune femme ne tient qu'à un fil.

Quand elle baisse les yeux, il comprend qu'il a gagné.

Il regagne la voiture.

— C'était l'hélico du Cartel, annonce-t-il simplement. C'était Damian. Manito l'a eu.

Une illumination lui traverse l'esprit.

— On est quel jour ? demande-t-il.

— Dimanche, pourquoi ?

— Le septième jour, lâche-t-il avec lassitude.

— Ah ! oui, fait la jeune femme d'une voix lasse. C'est vrai que dans la langue des Wataphas le même mot signifie à la fois *cavalier* et *cheval.*

* *
*

La voiture tombe en panne à six kilomètres de la ville. Ils doivent l'abandonner et continuer à pied, sous un soleil implacable. Daryl sent la chaleur du sable lui cuire les orteils à travers ses semelles. Sa sueur sèche instantanément sur sa peau, y tatouant de grandes fleurs de sel.

À trois kilomètres des faubourgs, ils doivent commencer à zigzaguer entre les premiers cadavres. Quelques-uns tués par balle, mais la plupart piétinés par les mustangs. Certains ont eu le réflexe d'ouvrir le feu sur le troupeau et une dizaine de chevaux morts reposent au milieu des humains. Les urubus sont, bien sûr, déjà à l'œuvre, déchiquetant les carcasses. Hommes et bêtes subissent un traitement identique et font les frais du même festin.

La chaleur intense, qui accélère la décomposition, emplit l'air d'odeurs affreuses. Les sabots des mustangs en folie ont labouré le sol, rendant toute progression difficile.

La ville offre un spectacle de désolation. Plusieurs maisons ont été frappées de plein fouet par des tirs de mortiers ou de RPG. Elles achèvent de brûler sans que personne ne se soucie d'éteindre les incendies. Les murs sont criblés d'impacts, les toits effondrés, les vitrines ont volé en éclats.

Les gardes du haras alignent les cadavres au long des trottoirs, faisant le tri entre les habitants et les ennemis. Le shérif, qui porte un pansement à la tête, s'applique à relever les noms des victimes.

Manito trône sur la grand-place, en sueur, son gilet de combat bâille sur un t-shirt crasseux. Il traîne un pistolet-mitrailleur Uzi en bandoulière. Son visage s'éclaire quand il aperçoit Ichika. Il se précipite vers la jeune femme, les bras ouverts.

— Tu nous as sauvés, *chica!* claironne-t-il. C'est toi qui nous as envoyé le Cheval Noir, n'est-ce pas? Je savais que je devais te faire confiance. *Madre de Dios!* Ces fils de putes du Cartel étaient en train de nous submerger quand les mustangs sont sortis de nulle part! Sans eux, on était foutus. Ils ont déferlé sur ces salopards comme la colère de Dieu et les ont réduits en bouillie. C'était superbe. Je m'en souviendrai jusqu'à mon dernier jour.

Il bondit sur Ichika et la serre contre sa poitrine velue. La jeune femme réprime un sursaut de dégoût qui serait malvenu. Manito pue comme l'enfer.

Le *caboclo* continue à délirer et à se répandre en remerciements. À l'en croire, Ichika sera dès demain couronnée reine du haras et couverte de bijoux. N'est-elle pas la vierge sacrée, celle qui commande aux chevaux de l'enfer ?

Agacé, Daryl demeure en retrait. Laissant courir son regard sur les victimes couchées au long du trottoir, il remarque qu'Olga, fausse serveuse et agent du FBI figure parmi elles. Une explosion lui a arraché le bras gauche. Quant à la ville, on peut considérer qu'elle a été aux deux tiers rasée. La clôture défendant le haras a été endommagée mais semble avoir tenu. Plusieurs assaillants, électrocutés, y sont encore collés, les mains noircies par les courts-circuits.

Devinant ce qu'il pense, Manito consent enfin à lâcher Ichika et s'approche de lui.

— C'est rien tout ça, déclare-t-il. Le *Consortium* se chargera de tout reconstruire en deux mois et d'indemniser la famille des victimes.

— Wilhelm est mort, riposte Daryl.

— C'est rien, répète Manito. Un autre le remplacera. L'important, c'est que nous avons tenu et repoussé l'ennemi. On nous en saura gré. Mais tu es blessé, toi aussi… Viens, le Prof' va te rafistoler. Priorité aux héros ! Ce soir, nous ferons une grande *fiesta !* Et nous trinquerons avec les crânes de nos ennemis !

Au moment où on le pousse vers l'entrée du domaine, Daryl note que, par l'une de ces ironies dont le destin est friand, le camping-car de Maggie fait partie des rares endroits épargnés par le désastre.

SAWANA

Sawana s'approche de la baie vitrée. Elle est au 55e étage de l'immeuble du *Consortium*, à New York. D'où elle se tient, elle peut voir Central Park. C'est la première fois qu'elle vient ici, qu'elle viole la frontière du royaume paternel. Elle en éprouve une réelle jouissance, celle du conquérant qui parcourt à cheval le champ de bataille où gisent les cadavres de ses ennemis et entend leurs os craquer sous les sabots de sa monture.

Ouais, trop génial !

La réunion s'est bien passée. Comme elle l'espérait, les actionnaires ont largement voté en faveur de son accession au trône. Désormais, c'est sûr, elle occupera la place laissée vacante par Wilhelm.

Il y a une semaine, le shérif de Pueblo Quito s'est chargé de récupérer la dépouille de Maggie dans le désert et de la faire autopsier. La version officielle est donc : *mort accidentelle ne présentant aucun élément suspect,* ce qui est au demeurant rigoureusement exact. Les avocats ont tout fait pour accélérer la procédure de succession. Unique survivante de la famille et héritière en ligne directe, Sawana a raflé la mise en totalité. La fortune officielle, et surtout celle — ô combien plus importante! — répartie dans divers paradis fiscaux. À ce butin, il convient d'ajouter la majorité des parts du *Consortium,* maison de production cinématographique méprisée par les intellectuels mais d'une haute rentabilité, surtout lorsqu'elle permet de blanchir l'argent de la drogue au moyen d'acrobaties comptables aussi vertigineuses qu'inventives.

Sawana est satisfaite. Elle n'en espérait pas moins. Elle remercie son père de n'avoir jamais songé à divorcer de Maggie pour épouser en seconde noce cette pétasse décolorée qui lui a donné deux marmots au sourire idiot.

Le front appuyé à la vitre, elle revoit avec délectation l'expression de terreur qui a déformé leurs traits lorsqu'elle les a percutés de plein fouet sur Mulholland Drive au volant du camion. Elle est certaine que Wilhelm a eu le temps de la reconnaître, c'est le plus important. Il devait payer pour ses péchés, qui étaient nombreux: le dégoût éprouvé envers sa fille défigurée, l'absence, l'éloignement, l'oubli…

La fortune qu'il a engloutie pour la reconstruire n'a rien effacé. Tout est de sa faute. S'il n'avait pas truqué le jeu, à l'origine, en achetant sous couverture les horribles sculptures de Maggie, cette dernière n'aurait pas perdu la tête en découvrant la vérité.

Quant à Maggie, si elle n'avait pas tenté de kidnapper Sawana pour se venger de son mari, elle aurait été seule au volant quand sa voiture a embouti un pylône avant de prendre feu.

Coupables, tous les deux, il n'y a pas à revenir là-dessus. Aucune circonstance atténuante.

Sawana s'éloigne de la baie vitrée. Elle ne se berce pas d'illusions, elle sait que les actionnaires du *Consortium* ont voté en sa faveur parce qu'ils ont peur d'elle. La manière dont elle a rayé de l'équation son père et sa famille de remplacement les a terriblement impressionnés. C'est, du reste, le message qu'elle voulait faire passer. Ils devaient comprendre qu'elle n'hésitera pas à se montrer impitoyable parce qu'elle n'a rien à perdre et tout à gagner.

Si ses terminaisons nerveuses lui permettaient encore de commander à ses muscles zygomatiques, elle sourirait.

Elle fait quelques pas dans l'immense bureau qu'occupait Wilhelm. D'un index négligent, elle caresse les œuvres d'art, les trophées cinématographiques, les mille et une photographies de tournages et de cocktails. Tout cela partira à la benne à ordures, elle y veillera. Il faut faire place nette. Cette quincaillerie, ce musée aux souvenirs bidon l'insupportent.

Elle s'immobilise devant le bar et l'immense miroir qui tapisse le mur. Elle détaille son image.

Contrairement à ce que croient les gens, elle ne déteste pas son visage refait. Elle considère même que c'est la meilleure chose qui lui soit arrivée, car cette beauté inhumaine lui a permis de prendre un ascendant formidable sur son entourage. Aujourd'hui encore, personne n'ose la fixer dans les yeux plus d'une seconde. Ils finissent tous par détourner le regard, de peur de l'irriter, de provoquer sa colère.

Avant l'accident, elle n'était qu'une gosse banale, sans attrait. Elle a pu le vérifier sur les vieux albums de photos de Maria-Fernanda. En grandissant, elle serait devenue encore plus banale, quelconque... Son père aurait été déçu, lui qui n'appréciait que la beauté et les formes parfaites. Un laideron, oui. Même pas hideuse, non, car l'extrême laideur peut susciter une forme d'attirance, non, une chose invisible condamnée à faire tapisserie, une de ces pauvres filles qu'on courtise et qu'on épouse parce qu'elles sont riches.

Elle n'aurait pas aimé. Non, pas du tout.

L'accident, le feu l'ont magnifiée. Oh! bien sûr, elle a dû traverser les sept cercles de la Douleur. L'horreur des opérations, de la cicatrisation, puis, à chaque fois, la déception des greffes rejetées, le pourrissement des chairs. Et le calvaire recommencé. Encore et encore, durant des années.

Elle se rappelle fort bien que personne ne venait lui rendre visite. Ni sa mère ni son père. Maggie, lui avait-on expliqué, avait perdu la mémoire, excuse ô combien commode! Quant à son père... L'immonde salaud n'avait pas les couilles de contempler la gueule couturée de sa chère fille. Non, il n'accepterait de la revoir qu'une fois redevenue présentable. En admettant que cela soit possible, ce dont il doutait de plus en plus.

C'est là que Sawana a commencé à les détester, tous les deux. Qu'elle a pris conscience de n'avoir été qu'un animal de compagnie, d'abord amusant, puis très vite importun. Cher Papa était trop pris par ses magouilles pour perdre du temps avec une gosse, Chère Maman, elle, ne vivait que pour son ŒUVRE, persuadée d'être une artiste géniale adulée par le monde entier.

L'absence, l'ennui, les pleurnicheries. Et Maria-Fernanda qui joue les bonnes tantines en souriant faussement. Sawana n'a jamais été leur dupe. Toute jeune, elle a pris la décision de leur présenter l'addition, un jour, dès que l'occasion se présenterait.

Aujourd'hui, elle ne regrette rien car la haine l'a éduquée, la souffrance l'a rendue forte. La fillette pleurnicharde, la morve au nez, est devenue une guerrière au visage de marbre. Certes, elle ne peut plus sourire, mais elle peut tuer.

Son visage, c'est son armure, un masque d'acier que ne flétrira jamais aucune tristesse, aucun sentiment.

Oh ! bien sûr, à l'adolescence, elle a un peu déconné. La cohabitation avec Maria-Fernanda ne s'est pas très bien passée. Sawana a multiplié les fugues, le vandalisme gratuit, les fréquentations débiles. Mais c'est ainsi qu'elle a pris conscience de son emprise sur les autres, de la fascination qu'elle exerçait sur les pauvres tarés de sa bande. Elle s'est amusée à les pousser aux pires aberrations. Ils lui obéissaient comme des robots.

Puis elle s'est lassée d'eux. Elle s'est cherché un autre but. C'est là qu'elle a imaginé de harceler sa mère, de poursuivre Maggie à travers tout le pays et d'incendier ses foutus totems. Bon, c'était puéril, mais elle n'était encore qu'un lionceau qui se fait les dents en dévorant des chatons.

Lentement, peu à peu, elle a mûri son plan. Avec l'argent volé à Wilhelm, elle a pu devenir invisible. Les deux valises récupérées dans la cave de la villa contenaient très exactement vingt-trois millions de dollars en argent blanchi, propre et sans danger. De quoi voir venir. Elle a pu s'acheter des identités de remplacement, louer des maisons, des appartements, changer fréquemment d'État, sans pour autant perdre de vue ses futures victimes.

Elle savait que sa vie ne pourrait commencer qu'une fois les comptes apurés.

Elle a dû toutefois hâter l'exécution de Maria-Fernanda quand elle l'a surprise en train de proposer un contrat à ce type, Daryl… un sous-fifre bossant pour Manito, le Maître d'écurie. Elle a éprouvé un désagréable pincement à l'estomac lorsqu'elle a compris que Wilhelm souhaitait sa mort. Elle ne pensait pas qu'il irait jusque-là, cherchant à reprendre l'avantage à n'importe quel prix. Du coup, ses derniers scrupules se sont envolés.

Le hasard a bien fait les choses car, en réalité, ce jour-là elle était simplement venue faire main basse sur la comptabilité du *Consortium* entreposée dans une cache secrète, à la cave. Une fois en possession de ces documents, elle tiendrait toute l'organisation par les couilles. Facile : *Si vous ne m'élisez pas à la tête du Conseil, si vous cherchez à m'éliminer, cette paperasse atterrira directement entre les mains du FBI...*

C'est alors — à peine venait-elle de s'introduire subrepticement dans la maison — qu'elle a entendu Maria-Fernanda et le jeune homme évoquer l'éventualité d'un meurtre. Une liquidation dont elle serait, bien évidemment, la victime.

Une fois le jeune homme parti, elle a tué la tantine au sourire hypocrite. Enfin, l'idée lui est venue de piéger ce Daryl, sur lequel couraient des rumeurs étranges de pouvoirs psy. Mieux vaut prévenir que guérir, pas vrai ?

Quand elle l'a raté, elle en a été la première surprise et s'est demandé s'il n'avait pas dévié son tir par la seule puissance de sa pensée...

Sawana n'est pas imperméable à ce genre de choses. L'occulte, les mutations, la télépathie...

Quand elle était en clinique, entre deux opérations, elle lisait beaucoup d'ouvrages sur le sujet. Il lui en est resté une sorte de curiosité trouble, à la limite de la crédulité. Elle se définit comme une agnostique du surnaturel, elle ne demande qu'à être convaincue. En fait, elle *aimerait* être convaincue.

Pour cette raison, elle a renoncé à tuer Daryl. Beau mec au demeurant, qui a remué un truc qu'elle croyait endormi en elle. Le voyou de charme. Elle ne se croyait pas aussi vulnérable, aussi conne. Mais elle saura se ressaisir.

Appuyée au bar, elle décide de s'offrir un scotch dans l'un des verres en cristal massif qu'affectionnait son paternel. Tout ici est trop clinquant, tellement m'as-tu-vu ! Elle déteste le milieu du cinéma et ses fausses stars mégalomanes condamnées à l'oubli. De grands gosses capricieux qui croient posséder le secret de la jeunesse éternelle avant de comprendre — trop tard — que, dans le septième art, les dates de péremption sont de plus en plus rapprochées.

Tant de futilité ! Un royaume de pacotille qui recycle éternellement les mêmes recettes.

Elle boit. L'alcool est de qualité — trente ans d'âge — mais pourquoi s'en étonner ? Wilhelm n'acceptait que le meilleur.

Wilhelm ! Il y aurait tant à dire à son sujet ! Un petit — tout petit — metteur en scène de films d'épouvante fauchés. Des nullités qu'un certain snobisme intellectuel a portées aux nues et que Sawana n'a jamais pu regarder plus d'un quart d'heure. Un petit malin qui, très tôt, a compris le parti qu'il pouvait tirer de l'addiction des acteurs et s'est empressé de devenir leur fournisseur attitré. Au final, un homme d'affaires qui a su gravir un à un les échelons de la toute-puissance divine jusqu'à devenir le maître du *Consortium*, une organisation tentaculaire d'une redoutable inventivité.

Sawana finit son verre et le jette de toutes ses forces dans le miroir qui s'étoile joliment. Le bar aussi finira à la benne à ordures.

Elle est loin d'être sotte ; elle se sait tout à fait capable de prendre les rênes de l'Organisation. Au cours des années passées en clinique, elle a tout étudié : la finance, les stratégies commerciales, le droit international. Elle se souvient encore de ce psy qui, après lui avoir fait passer des tests, l'avait déclarée surdouée et lui avait suggéré d'intégrer une école spécialisée. Elle lui a ri au nez.

Tout cela est si loin aujourd'hui. Bien qu'encore jeune elle a l'intime conviction d'avoir vécu plusieurs vies, tels ces vampires qui traversent les siècles en changeant d'identité.

Elle s'assied dans le fauteuil de son père et le fait pivoter de manière à contempler Central Park. La vue s'étend jusqu'au Réservoir, là où les joggers ont coutume de suer en s'essoufflant.

Elle est contente d'avoir renoncé à tuer Daryl. Elle aime les personnalités hors norme. Elle a longuement étudié le dossier que lui a fait parvenir Manito, elle sait désormais que le jeune homme a fait partie d'un escadron noir où il jouait le rôle de tête chercheuse en se fiant uniquement à son instinct. C'est assez fascinant.

Là-bas, à Pueblo Quito, elle l'a souvent observé à la jumelle, de loin. Elle a été agacée de le voir s'acoquiner avec cette espèce de squaw. Il mérite mieux.

Plus tard, elle les a suivis jusqu'à Zero City. Embusquée au sommet d'une colline, elle les a espionnés mais s'est bien gardé d'intervenir car elle savait la bataille imminente. Elle n'a jamais été dupe de ce qui se tramait dans l'ombre. Les faux Wataphas, le Cartel du Cacique, elle a tout suivi, tout reconstitué. Tout exploité à son avantage.

Elle regrette toutefois d'avoir manqué Maggie, mais bon, finir piétinée par des chevaux sauvages ce n'est pas mal non plus. Elle avait prévu de la brûler vive, comme les sorcières du Moyen-Âge. Elle l'aurait attachée à l'un de ses foutus totems et l'aurait arrosée d'essence.

Le hasard en a décidé autrement, la prenant de court.

Mais non, au diable les regrets! Les chevaux sauvages c'est mieux. Mort accidentelle certifiée par le shérif et le Prof' qui possède la double casquette de vétérinaire et de médecin légiste (sous un nom et un diplôme d'emprunt!)

Une idée lui traverse l'esprit: *et si…* Et si elle faisait de Daryl son bras droit? Il gâche ses talents en servant de larbin à Manito. Bien dressé, elle pourrait l'utiliser comme tête chercheuse et détecteur de mensonge vivant. Il lui dirait qui a l'intention de la trahir, qui vole le *Consortium,* qui est un agent infiltré du FBI…

Tous les dictateurs ont leur astrologue, pourquoi pas elle?

Et puis… et puis elle a besoin d'avoir, à portée de main, quelqu'un à qui parler. Un paria, comme elle. Un déviant qui n'est nulle part à sa place et qui a l'habitude d'arpenter des chemins non balisés.

C'est décidé! Elle l'engagera.

Elle décroche le téléphone mais découvre qu'il empeste l'après-rasage de Wilhelm. Elle l'envoie voltiger à l'autre bout de la pièce et se rabat sur son portable.

DARYL

Daryl est pratiquement guéri, même s'il doute de récupérer à 100 % la mobilité de son bras. Manito l'a chargé de surveiller la reconstruction de Pueblo Quito, car le *Consortium* a dépêché sans attendre une impressionnante équipe d'ouvriers et d'architectes.

Désœuvré, conscient d'avoir été mis au placard, il erre le long des rues.

Ichika a disparu du jour au lendemain. Libérée de la menace d'Olga, elle a préféré s'évanouir dans la nature. Daryl la soupçonne d'avoir fait main basse sur la réserve financière des faux Indiens. Il est déçu.

La *cantina* fait partie des commerces qu'on a rebâtis en urgence, car c'est un endroit indispensable aux yeux des autochtones. Le centre culturel de la cité. Une parente du patron, Pepe Duro, a remplacé Olga. C'est une matrone revêche qui houspille les clients et a augmenté le tarif des consommations.

Daryl est le seul qu'elle traite avec déférence car elle le sait proche du Maître d'écurie. Elle a aussi peur de le contrarier car la rumeur prétend que c'est lui, grâce à ses fameux « pouvoirs », qui a convoqué le Cheval Noir et ses mustangs. On lui doit donc d'avoir anéanti les envahisseurs. On lui en est reconnaissant, même si on continue à ne pas l'aimer.

Le jeune homme s'est installé dans le mobil-home de Maggie. Le shérif s'est bien gardé de contester ce droit. Le lieutenant de Manito est partout chez lui à Pueblo Quito, n'est-ce pas ?

Les filles ont recommencé à harceler Daryl, qui s'en fout. Il a le désagréable sentiment de dériver au milieu de l'océan avec, pour tout équipement, un gilet de sauvetage qui se dégonfle peu à peu.

Lorsqu'il est seul, le soir, dans le camping-car crasseux, il fouille dans les tiroirs de Maggie avec l'espoir de reconstituer l'histoire de cette dernière, mais, jusqu'à présent, il n'est parvenu à rien de satisfaisant. Pour s'occuper, il a entrepris de coller bout à bout les lambeaux des lettres expédiées par Maria-Fernanda et déchirées par la folle. Ce puzzle l'occupe des heures durant sans lui apporter d'information capitale. Il s'obstine néanmoins, n'ayant rien de mieux à faire.

Parfois, il se saoule comme un cochon et s'endort dans le rocking-chair de la vieille. Il n'arrive pas à imaginer comment sa vie va tourner, et ça l'emmerde.

Un jour, à la *cantina*, la sœur de Pepe Duro l'aborde en chuchotant, l'air inquiet. Il y a là, dit-elle, un client qui s'enivre et paraît remâcher une sombre histoire. Elle craint qu'il ne fasse du grabuge au moment de payer l'addition. Ne pourrait-il pas le raisonner ?

Daryl n'y voit aucun inconvénient, ça ou autre chose… Il repère le type en question. Un barbu qui empeste le cheval et porte ces jambières de cuir appelées *colorados*, chères aux palefreniers et aux convoyeurs de troupeaux. Le mec vide verre sur verre *d'aguardiente* avec une application de stakhanoviste.

— Salut, ça va ? lance Daryl en s'asseyant devant lui.

— Je sais qui vous êtes, rétorque l'homme d'une voix maîtrisée. Je ne cherche pas d'embrouille. C'est juste que j'essaie d'oublier un truc qui m'obsède jour et nuit.

— On en est tous là, soupire Daryl.

— Ouais, fait l'homme. Mais moi, j'ai rencontré la Mort en personne. La Mort déguisée en femme, et la trouille qu'elle m'a flanquée ne s'efface pas. J'en rêve chaque fois que j'essaie de fermer l'œil.

Il affirme se nommer Brian McReady et être éleveur de chevaux du côté de Mapalona, un bled dans les terres, au cœur de la grande prairie.

— Alors, poursuit-il, un jour j'ai vu débarquer cette femme. Très belle, mais avec un visage de morte. Immobile. Elle parlait sans remuer les lèvres, comme si son corps était celui d'un cadavre habité par un esprit, vous voyez le genre… Ça m'a fait froid dans le dos. Elle a posé sur la table un sac rempli de liasses de dollars. Une fortune. Elle voulait acheter deux cents mustangs, et que je les conduise dans la sierra, à une date précise. Ah ! oui, et surtout, elle insistait là-dessus : il fallait que le troupeau soit conduit par un cheval noir.

Daryl se raidit.

— Un cheval noir ?

— Oui, un étalon qui soit le mâle dominant, vous voyez ? C'est pas facile, ça ne s'improvise pas, mais bon, il y avait ce sac plein de fric et, comme en ce moment les affaires ne marchent pas fort, j'ai dit oui en sachant que je faisais une connerie.

McReady s'interrompt le temps de vider un nouveau verre. Bien que suant et plus rouge qu'un piment, il tient remarquablement bien l'alcool.

— Et puis, elle a exigé ce truc, murmure-t-il. J'ai pas trop aimé, mais bon... elle payait le prix fort.

— Quoi donc ?

— Elle a dit que je devrai doper les chevaux avant de les lâcher, avec un produit qu'elle me fournirait. Un truc qu'on utilise pour les courses truquées. Il fallait que les bêtes galopent comme des démons, sans avoir peur des explosions.

— Des explosions ?

— Oui, elle a prétendu qu'il s'agirait d'une sorte de feu d'artifice, mais j'ai bien pigé qu'elle mentait. Elle m'a donné un téléphone spécial et elle a dit que je devrais lâcher le troupeau à son signal, en leur fouettant la croupe pour les déchaîner. Je devais m'arranger pour qu'ils partent tous dans une certaine direction... vers Pueblo Quito, pour être exact. Ici même.

— Et ?

— J'ai fait comme elle voulait, le jour dit, même que ça a été un sacré bazar. C'était pas un feu d'artifice, c'était une vraie bataille. J'ai fait l'armée, je sais reconnaître le son d'une arme automatique, et je peux vous dire que ça canardait dur. Quand je vois ce qui s'est passé ici, j'ai honte, tous ces morts, toutes ces destructions. Mais j'avais trop peur pour refuser. Cette femme, avec son visage de morte sortie du tombeau, elle me terrifiait. J'avais la trouille qu'elle vienne se venger si je n'obéissais pas, qu'elle s'en prenne à ma femme, à mes gosses...

Daryl pose la main sur le bras de l'homme.

— Vous avez bien fait, lâche-t-il. Et vous avez raison, elle se serait vengée. Et c'était bien la Mort personnifiée.

Il se lève, retourne voir la sœur de Pepe Duro et, lui glissant un billet de cent dollars dans la main, chuchote :

— Les consommations sont pour moi. Laissez-le, c'est un homme qui a eu des malheurs. Il n'est pas méchant.

Quand il sort de la *cantina,* il ne peut s'empêcher de frissonner bien qu'il fasse 50° à l'ombre.

Le lendemain, Manito le fait appeler, perplexe.

— Tu es convoqué à New York, annonce-t-il. Au siège du *Consortium*. Un jet privé t'attendra demain à l'aéroport de Navidad. Tu sais pourquoi ?

— Non.

— C'est rare, ce genre de rendez-vous, commente Manito d'un ton soupçonneux. J'espère que tu reviendras, on fait du bon boulot ensemble, et je comptais t'augmenter.

* *
*

Le lendemain, Daryl se présente à l'aéroport. Un petit terrain qui sert surtout aux livraisons aéroportées de machines agricoles. Un Falcon l'attend, flambant neuf. Ainsi que deux mecs baraqués vêtus comme des banquiers. Il ne pose aucune question car il devine qu'on ne lui répondrait pas. L'avion décolle. Une hôtesse lui propose un cocktail. Il n'ose refuser bien qu'il ait l'estomac serré. Il ne comprend rien à ce qui lui arrive. Si on avait voulu le flinguer, c'était plus commode de le faire à Pueblo Quito. Manito aurait jeté son cadavre aux cochons et on n'en aurait plus parlé. Pourquoi faire compliqué quand on peut faire simple ?

À moins qu'une fois en altitude ils n'ouvrent la porte et le balancent dans le vide ? Non, ce serait con… et techniquement impossible à cause de la décompression.

Quand l'appareil se pose à JFK, Daryl découvre qu'il fait affreusement froid. Il embarque dans une limousine qui le conduit au sous-sol d'un immeuble donnant sur Central Park. Là, un ascenseur ultrarapide à carte codée l'emmène au 55e étage. Des gardes du corps patrouillent dans les couloirs. On le passe au détecteur de métaux avant de le palper sur tout le corps (même les couilles !) car les poignards en céramique, ça existe, pas vrai ?

Trois minutes plus tard, il entre dans le bureau de Sawana. C'est la première fois qu'il la voit en pleine lumière, et cela lui permet de confirmer que l'éleveur de chevaux avait raison : on dirait la Mort en personne. Tout à la fois belle et horrible. Cela devient encore pire quand elle prend la parole et que ses lèvres restent immobiles.

La voix... la voix est indescriptible, elle semble émaner de sa cage thoracique en traversant la peau. Elle évoque ce que les romanciers populaires désignent sous l'appellation de *voix d'outre-tombe*. C'est exactement ça. Il a la pénible impression que Sawana lui parle du fond d'un cercueil, et que ses mots peinent à traverser la dalle de marbre recouvrant son tombeau.

Daryl met un moment à comprendre ce qu'elle lui explique tant cela paraît improbable. Elle lui propose de l'engager. La hache de guerre est enterrée. On est entre professionnels, la rancœur n'a pas cours. Elle attend qu'il fasse le seul boulot pour lequel il est doué, qu'il se serve de son instinct pour détecter les merdes invisibles. C'est ce qu'il faisait au sein de l'escadron noir commandé par Oswald, avec un taux de réussite frôlant les 100 %, pas vrai ?

Daryl répond par monosyllabes. Il n'ose pas lui dire qu'il n'est plus très sûr de posséder ce fameux « don »... et encore moins qu'il ne l'a peut-être jamais possédé. Oswald était un illuminé, c'est du moins la théorie du FBI. Mais non, cela, il ne peut pas le dire, surtout s'il veut rester en vie.

On ne contrarie pas Sawana.

Alors il dit « OK », connement. Sawana lui apprend que, dès demain, il sera appointé par le *Consortium* en tant que metteur en scène, lui qui n'a jamais touché une caméra de sa vie. Elle ajoute qu'une assistante va se charger de l'installer, car on lui a réservé un appartement de fonction sur Park Avenue. Un petit 100 m^2 sans prétention. C'est juste pour le dépanner, ensuite il pourra se mettre en quête d'un vrai logement correspondant à ses goûts.

Daryl quitte le bureau en se demandant s'il doit esquisser une courbette. Dans le couloir, les gardes le dévisagent bizarrement, comme s'ils s'étonnaient de le voir encore en vie.

Il est tout de suite happé par une jeune femme en tailleur noir, les cheveux plaqués au gel, et qui parle sans jamais reprendre respiration, en vraie championne de l'apnée. Il est pris de vertige. Tout va trop rapidement, il a envie de crier STOP ! À Pueblo Quito, il s'est déshabitué de l'hystérie urbaine.

Ils sortent. L'assistante hèle un taxi jaune qui les emporte au bout de l'avenue. L'appartement est trop grand, trop vide, trop blanc. Daryl préférait le mobil-home de Maggie et son foutoir apocalyptique.

— Vous vous y ferez, siffle l'assistante. Vous savez, c'est un privilège, à New York le moindre mètre carré vaut le prix d'une transplantation rénale.

* *
*

Un mois s'écoule sans que rien de notable ne se produise. En fait, il commence à s'ennuyer. Au début, il ne fermait pas l'œil de la nuit, convaincu que Sawana jouait avec lui au chat et à la souris. Il attendait qu'elle vienne l'assassiner. Quand la fatigue lui tombait dessus, il s'allongeait sur un canapé, un couteau de cuisine à portée de la main, imitant en cela les héroïnes adolescentes des films d'horreur de Wilhelm. Pour se rassurer, il avait même entrepris de fixer au ruban adhésif des couteaux sous la plupart des meubles : tables, fauteuils, chaises, afin de pouvoir disposer d'une arme en cas d'attaque surprise. Il préférerait un glock 17, c'est certain, mais il ne connaît personne à New York qui puisse lui en vendre un. Par ailleurs il ne veut pas courir le risque de traîner dans les bars louches, c'est ainsi qu'on se fait repérer par les agents infiltrés. Il préfère se méfier.

À présent, il est plus serein. Son boulot n'est pas prenant. Sawana a l'habitude de le convoquer lorsqu'elle participe à une réunion du Conseil ou doit rencontrer un acheteur potentiel.

— Tu te tiendras dans un coin du bureau, lui a-t-elle expliqué, comme le ferait un garde du corps. Tu ne prononceras pas un mot. Ton travail consistera à sonder ceux qui me rendent visite. Utilise ton pouvoir pour me dire si tu détectes en eux quelque chose de suspect. J'ai besoin de savoir s'il s'agit d'un type de la DEA ou d'un comploteur qui a l'intention de prendre ma place. Je sais que parmi tous ces gars, certains piquent dans la caisse et volent le *Consortium*. Je n'ai pas le temps de faire une enquête, de chercher des preuves. Je compte sur toi. Notre survie à tous deux dépend de ton don, tu dois en avoir conscience. Nous sommes environnés de canailles, nous sommes seuls, toi et moi.

Daryl n'aime pas trop ce « toi et moi » qui lui paraît chargé de sous-entendus intimes. Il devine chez Sawana une attirance qui pourrait se révéler dangereuse en cas de déception car — comme Maggie — elle est sujette à des réactions violentes, imprévues et disproportionnées. Par chance, il ne la voit pas souvent. De toute manière, il s'imagine mal au lit en sa compagnie, l'angoisse lui ferait perdre ses moyens.

Prudent, il a tout de même choisi d'éviter les relations suivies avec les femmes qui lui font du rentre-dedans. Quand le besoin devient impérieux, il a recours à une agence de call-girls huppée. La jalousie, chez Sawana, pourrait vite prendre un déplorable aspect sanglant.

Un salaire, élevé, est viré chaque mois sur son compte. Au début, il a dépensé sans compter : costumes, montres, gadgets informatiques, puis il s'est lassé de ces babioles hors de prix. Sa seule vraie distraction consiste à traîner sur les plateaux des studios du *Consortium* où sont tournés à la chaîne des films d'épouvante et des séries télévisées bas de gamme. C'est Sawana elle-même qui lui a conseillé de se montrer, afin de « crédibiliser » son personnage de metteur en scène appointé par la firme. On ne sait jamais.

Daryl s'émerveille de ces tournages merdiques où se ridiculisent de mauvais acteurs dans la débine, prêts à tout pour payer leur loyer. Il est devenu assez copain avec certains d'entre eux, mais il n'est pas dupe. Il sait qu'on le flatte, qu'on le drague, par intérêt, pour obtenir un rôle dans le prochain film qu'il tournera. On ne cesse de lui demander ce qu'il prépare. On lui envoie des scénarios, des maquettes vidéos, des bouts d'essai. Il les regarde pour passer le temps. Parfois, il éclate de rire, parfois aussi le caractère pathétique de ces pauvres tentatives le déprime profondément.

Il recommence à se demander ce qui va advenir de son existence.

Un soir, en rentrant chez lui, il trouve quelqu'un dans son salon, installé dans un fauteuil.

C'est la femme aux cheveux gris. Sa mère.

— Je tenais à te féliciter pour ta réussite, dit-elle avec un mauvais sourire. Tu viens de réussir là où tous nos hommes ont échoué. Tu t'es infiltré au plus haut niveau du *Consortium*. Le Cacique est très satisfait, car tu vas travailler pour nous, désormais. *N'est-ce pas ?* L'échec du haras m'a été vivement reproché et je suis en mauvaise posture. C'est même un miracle que je sois encore vivante. Et je suis bien seule depuis la mort de Damian. J'ai pensé que tu n'aurais pas le cœur d'abandonner ta vieille maman dans l'adversité. Dis-moi que je ne me suis pas trompée…

POCKET

Dortoir interdit
Ceux d'en bas
Le chat aux yeux jaunes
Les prisonnières de Pharaon
La captive de l'hiver
Pèlerins des ténèbres
Bunker
Avis de tempête
Les cavaliers de la pyramide
Le masque d'argile
La chambre indienne
Conan Lord
Les emmurés
Les enfants du crépuscule
L'enfer, c'est à quel étage ?
Iceberg Ltd
La mélancolie des sirènes par trente mètres de fond
Baignade accompagnée
Le murmure des loups
Le nuisible
La fenêtre jaune
La princesse noire
Ceux qui dorment en ces murs

PLON

La maison des murmures
Ceux qui dorment en ces murs
L'héritier des abîmes
Le vestiaire de la reine morte
Les louvetiers du roi

JC-LATTÈS

La route de Santa Ana
Tambours de guerre
Cheval rouge

FLAMMARION

Dernières lueurs avant la nuit

LE LIVRE DE POCHE

Le chien de minuit
La fille de la nuit
La main froide
Le sourire noir
L'armure de vengeance
Le château des poisons
Le labyrinthe de Pharaon

Etc.

Déjà paru, dans la même collection :

Jérémie, 13 ans, vit au Chili, à la lisière de la forêt amazonienne. Son frère aîné, Jonah, est en proie à de curieuses idées fixes et exerce sur lui un harcèlement que sa famille refuse de prendre au sérieux.
Lors d'une excursion insensée dans la jungle, Jonah disparaît et est bientôt présumé mort. Ravagés par le chagrin, ses parents accusent Jérémie d'avoir assassiné son propre frère par jalousie.
Ne supportant plus sa présence, ils expédient l'adolescent aux USA dans un mystérieux pensionnat militaire où lui seront inculquées les techniques d'infiltration et d'assassinat qui constituent le bagage de tout vrai patriote au service de son pays.
Jérémie va alors passer de l'autre côté du miroir et pénétrer dans le cercle très fermé de ceux qui tirent les ficelles du monde et ne reculent devant rien pour parvenir à leurs fins.

Avec *Cendres vives*, Serge Brussolo signe un nouveau thriller d'une redoutable efficacité.

L'horreur, c'est simple comme une araignée. Une araignée irradiée parce qu'elle a eu le malheur de tisser sa toile à côté d'une centrale nucléaire, par exemple. Et qui vous mord. Vous vous sentez mal ? C'est normal. Un venin s'est introduit en vous. Un venin nouveau, inconnu. Sans même que vous vous en rendiez compte, vous avez commencé à vous transformer, inéluctablement. Votre corps mute, vous devenez autre. C'est douloureux, n'est-ce pas ? Mais, réjouissez-vous, vous allez bientôt faire partie d'une entité plus grande. Une entité monstrueuse, répugnante, inhumaine. Et qui va dévorer le monde.

Roman d'horreur, cri d'alarme écologique ?... Oui, sans doute. Mais Andrevon écrit avant tout la chair et ses tourments, à hauteur d'homme. Si sa vision de l'humanité s'attache parfois au meilleur, elle nous donne aussi — impitoyablement — à voir le pire !

Achevé d'imprimer en mars 2021
par l'imprimerie Nørhaven
pour le compte de H&O éditions
10 rue du parc des garrigues
34380 Saint-Martin-de-Londres
Tél. : 04 67 58 14 73
Courriel : heto1@wanadoo.fr
Internet : www.ho-editions.com

Dépôt légal : avril 2021
Imprimé au Danemark.